U0129380

中國詩歌墾拓者海青青

—《牡丹園》和《大中原歌壇》

陳 福 成 著

文 學 叢 刊
文史哲出版社印行

國家圖書館出版品預行編目資料

中國詩歌墾拓者海青青：《牡丹園》和《大中原歌壇》 / 陳福成著.-- 初版 --
臺北市：文史哲,民 109.02
頁； 公分.--（文學叢刊；419）
ISBN 978-986-314-456-6（平裝）

1.中國文學史 2.詩歌 3.文藝評論

820.9108 109001757

文學叢刊 419

中國詩歌墾拓者海青青

—《牡丹園》和《大中原歌壇》

著者：陳福成
出版者：文史哲出版社
http:// www.lapen.com.tw
e-mail：lapen@ms74.hinet.net
登記證字號：行政院新聞局版臺業字五三三七號
發行人：彭正雄
發行所：文史哲出版社
印刷者：文史哲出版社
臺北市羅斯福路一段七十二巷四號
郵政劃撥帳號：一六一八〇一七五
電話886-2-23511028 · 傳真886-2-23965656

定價新臺幣四六〇元

二〇二〇年（民一〇九）四月初版

ISBN 978-986-314-506-6 10419

序：中國詩歌墾拓者海青青——
《牡丹園》和《大中原歌壇》

我讚賞吾國河南洛陽的詩人、音樂人海青青，稱他是「中國詩歌墾拓者」，並非說他是最初的墾拓者。中國現代詩發展至今才不過百年，每一代都有每一代的墾拓者，始有今日壯盛繁榮之詩意中國。

吾國現代詩人，從早期的郭沫若、徐志摩、聞一多、戴望舒、馮至等；接著三四十年代的艾青、臧克家、卞之琳、田間、辛笛等；接下來五六十年代賀敬之、流沙河、沙白、周良沛等；再往後的綠原、白樺、北島、舒婷等。住在台灣的中國現代詩人也多，不及贅述。進入廿一世紀，據可靠的統計，兩岸有詩人百萬之眾，可見中國現代詩（人）之壯盛，可比中國人民解放軍，可在全球詩壇發光發熱。每一代中國詩人都有墾拓者，與有功焉！

每一代詩人這麼多，大家都在詩田裡拓殖，海青青和這成千上萬的詩人，有何特別之處？他的墾拓和眾多詩人的墾拓有何不同的地方？為何我在二〇一五年寫了《海青青的天空》，現在又寫了《中國詩歌墾拓者海青青》這本書？

可以這麼說，中國現代詩人（含台灣地區），基本上只寫詩，僅在詩和文學類耕耘。海青青的特別，在於詩人同時也是音樂人，作詞作曲都是他的專長。尚不止於此，他同時又辦了「詩刊」和「歌刊」，像這樣的全方位中國「詩」「歌」的墾拓者，應是百年來新詩壇唯一人。可敬可佩的是，他沒有公費支持，一人苦苦耕耘「詩田」和「歌田」。

海青青的詩田是《牡丹園》詩刊，十多年來已經傳播到中國各省區及海內外。無數的詩人們在這詩田發表作品，涂靜怡、陽荷、吳曉波、木斧、台客、卓琦培、吳開晉、路志寬、李惠艷、丁太如等。詳見《牡丹園》各期和本書各章。

海青青的歌田是《大中原歌壇》，也已傳遍海內外。許多作詞作曲家們在這歌田發表作品，鄔大為、劉秉剛、刁長育、汪茶英、孫偉、范修奎、王艷萍、林藍、張倫、趙國偉、蘇琪等。詳見《大中原歌壇》各期和本書各章所舉。

吾國河南洛陽尤素福・海青青如此的特別，他也是一個愛國愛族的詩人和音樂人，他是吾國回族的光榮，他對現代中國詩壇和歌壇都有極高使命感。他讓我感動！我為他著書讚頌！也為傳揚《牡丹園》和《大中原歌壇》，以期和所有同胞共同感動。

台北公館 蟾蜍山 萬盛草堂主人
陳福成謹誌於 佛曆二五六二年
西曆二〇一九年十二月吉日

中國詩歌墾拓者海青青
——《牡丹園》和《大中原歌壇》

目 次

第二部《大中原歌壇》

第一部《牡丹園》

牡丹園

呂劍題

主编：海青青

本刊顾问
（按姓氏笔画排列）
木斧 艺辛 圣野 台客
吕进 刘章 朱先树 吴开晋
张宇 涂静怡 傅天琳

島 赤 号

2019年8月（总第62期）

碧玉天香

第一章 朝陽紅號二〇一五年八月

這期《牡丹園》（總第46期），刊出的詩人作品有：涂靜怡（台灣）、陽荷（台灣）、馮福寬（陝西）、曾偉強（香港）、何劍勝（江西）、荊卓然（山西）、代義國（湖北）、海青青（河南）。其他是各方詩訊，以及海青青和詩人的書信。一方小小的袖珍詩刊，發表兩岸詩人十多首詩，有我熟悉的影子，已然有了「從一粒沙看世界、從一朵花看天堂」的感覺。賞心這首涂大姊的詩，〈翻轉的心〉。（註一）

都說世界在翻轉中
心也跟著
放眼望去都不是我所熟悉的四季

春天的花不開在春日裡
秋日的雨也未必落入秋池中
路上的行人匆匆來去
擦肩而過的
彷彿　盡是冷漠眼神的交替

是感覺上的誤差嗎
亦是漸老的心境？
為何我的行囊裡
總是裝滿跋涉千里後　留下的
身心俱疲

啊！方圓百里
不見我流速的魅力
昔日那些蜜蜂振翼花叢間的美景

去了哪裡？

或許
該轉個彎 退一百步
就會有深切的感悟
除去心底的陰影
拆去擋在眼前的藩籬
重新學習懂得惺惺相惜
懂得擁抱自己
那就讓世界去翻轉吧！
只要 心靈的一角
還有一個知音的你

二〇一五年作品 秋

涂靜怡，涂大姊。（註二）近幾年來，常在網路臉書上讀到涂大姊的詩文或一些隨筆感想，都類似這首〈翻轉的心〉的情境，很容易引起約同年齡層詩友的感慨共鳴。當然也包含筆者在內，涂大姊所看到的「黃昏情境」，我正身處境中；涂大姊一顆翻轉的心，在黃昏裡「**不見我流速的魅力／昔日那些蜜蜂振翼花叢間的美景／去了哪裡？**」我也正在適應中、一顆心翻轉中……

我會從比較廣泛來賞讀這首詩。基本上，這首詩寫出了眾生的「共相」和「殊相」。共相者，乃眾生在整個生命過程中（生老病死），會碰到的困局情境。殊相者，是個體、個別的生命過程中，所碰到不同於其他且是世間之唯一的情境，適應或轉換方式當然也與眾不同。

眾生之共相，除人類社會以外，我喜歡觀賞住在非洲大草原、亞馬遜叢林等之眾生相。我發現，那些獅、虎、豹、象、鱷、河馬……乃至我們的近親猴類，及其他，到了牠們的「黃昏歲月」，也得面臨很多困惑，所見都不同於牠們的年輕時代；加上地球環境暖化，人類社會入侵，牠們的老年情境應該也是「**放眼望去都不是我所熟悉的四季／春天的花不開在春日裡……擦肩而過的／彷彿　盡是冷漠眼神的交替**」。

眾生雖有很多共相（如生老病死），更多的是差異，如智慧差異，人類自認是「萬物之靈」，應是眾生中智慧最高之物種，具有反思之能力。反思才能找到適應或解決困局的方法。中間兩段詩就是反思的成果，漸漸看清了真相，就得面對現實，調整漸老的心境，認識到時代變了！人也不再年輕，心態是必須「轉彎」的時候了！

末段是詩的重點，是詩人悟得的成果，黃昏情境有了不凡的境界。「**該轉個彎 退一百步／就會有深切的感悟／除去心底的陰影／拆去擋在眼前的藩籬／重新學習懂得惺惺相惜／懂得擁抱自己……**」。銀髮歲月依然是個新的開始，人生的每個階段都有美感，有新的東西要學習。

末了把全世界都放下了，只保留一點心靈的想念。詩句「知音的你」，是任何一個這數十年來和涂大姊頭結緣的詩人。到底是誰？這當然是姊姊心中的「極機密」，能成為一個女詩人的「知音」，萬千中不得其一啊！

這期《牡丹園》還有一個熟識的女詩人，陽荷（台灣台中）的三首詩，〈老酒甕〉、〈栞川山居〉和〈座位〉。賞讀她的〈老酒甕〉。（註三）

父親啊
一定有什麼
是您想收藏的

一定有些故事
是您想訴說的
一定有些愛
是您必須轉達的
否則　為什麼
在您離去後
才讓我在故鄉的老屋裡
遇見這一隻巨大的
老酒甕

父親啊
是您把一生的愛與思念
偷偷的藏在甕裡嗎
是離別後
您要以一壺溫潤清涼的慈愛

慰我遙遙思念嗎

一隻深褐色的陶壺酒甕
是您昔日收藏的珍品
今日
我將它重新擺放在客廳的案頭上
不裝酒　不裝茶
只裝父親滿溢馨香的慈愛
與我日夕釀造的
思念

透過一個老酒甕的意象，引伸對父親的懷念。酒甕本來是裝酒的，現在昇華成父親收藏的故事，父親想要對孩子訴說的愛，都裝在甕裡，有意讓女兒日後去發現。為什麼父親生前不訴說呢？這是典型的中國男人「中國式父親」，對於「愛」是不善言說的，只做不說！

詩人最後把老酒甕也轉用了功能，重新擺放在客廳，不裝茶，不裝酒，只裝父親的慈愛和女兒的思念。詩人透過一個酒甕的形象，與父親進行永恆的連接，且放在客廳，每天都能看到，象徵父親依然與家人同在。言外之意，也顯示這位父親是多麼成功，得到女兒如此深而恆久的懷念。

陽荷在這期《牡丹園》的另一首〈座位〉，在創作方法論上和〈老酒甕〉相同，但短短的五行，給人情緒上的感染力甚為強大，知情者會動容而垂淚。不信嗎？賞讀〈座位〉。（註四）

從未遺棄
在你離去的座位
我們的愛
依舊
端坐在歲月的長廊

我們的愛依舊「端坐」在歲月的長廊，愛情具體化了，表示是真實存在的，不論他走了多少年，他仍然「端坐」在家裡這張餐桌旁，依舊活在陽荷的心中。這已經是一種人間傳奇，我相信詩人另有用意，她要讓孩子感覺到父親仍在的心理作用。

陽荷的先生早逝，孩子還小，多年來餐桌始終保留先生的「座位」，用餐時也放一雙碗筷。一個女人對先生的愛如此的深，如此純，保存的這麼久，在這個時代（社會）是稀有的，聞之者定會向她行最敬禮。反之，男人有這樣的愛妻，定也含笑九泉了！

這期《牡丹園》（總第四十六期）第一版，算是台灣「秋水詩人」專版，因為《秋水》詩刊（社、屋）三位代表性女詩人都出現了。賞讀陽荷另一首〈琹川山居〉。（註五）

想必有一種幸福
隱藏在山城的背後
想必有一種夢
在悄悄向你靠近

你是一隻不食人間煙火的青鳥
在山中吐露凡間的詩句

端坐的午後
廊簷下
一隻迷路的彩蝶
自你拈花的十指
迎著山風遠逸
是否
屬於你的夢
也正在孵化　禪修

陽荷詩寫琹川的作品，雖然不是琹川的詩，卻已點出琹川的核心形象，且意象清新，超凡絕塵。「**你是一隻不食人間煙火的青鳥／在山中吐露凡間的詩句**」。台灣詩壇圈子小，著名女詩人就這麼幾位，「她」在做什麼？詩壇上大家約略是知道的。例如，「永遠的青鳥」蓉子已回大陸老家養老，現在這隻年輕的青鳥琹川隱居山間，寫詩、寫散文和繪畫創作，這是我知道的。

這首詩寫的很飄逸、出塵，以逆向技法，山中有一種幸福和夢向你靠近，其實是詩人主動向山靠近；你叫山走過來，山不會來，必須你主動向山走過去！詩的總結，把對象（琹川）的山居生活作為，推高到「禪修」的境界。但不知道是否到達「入定」或「禪定」？

筆者要例舉欣賞陽荷這三首詩，是因為這三首正好涵蓋人生三個最緊要的關係上，親情、愛情和友情。生命過程中的人際關係，成千上萬的複雜，但也可簡化到這三大領域。在中國文學思想中，「人品」和「文品」是一致的，必須「人如其詩文」（西方思想可以區隔開）。從詩看人，發現陽荷一生用情至深，不論親情愛情友情，都那麼真誠純情，既深又久，難怪涂大姊說她「天生多情」。這種基因，也是天生的詩人。

《牡丹園》詩刊的主持人是海青青（河南洛陽），每期會有他的作品和詩壇上詩人往來書信。本期有海青青的兩首詩，有鮮明的「海青青風格」。

我對海青青作品閱讀甚多，如筆者在《海青青的天空》一書有很多論述。（註六）基本上，他從生活現況與現實社會環境取材，如本期兩首都是新聞報導有感而寫，賞讀〈南海，家鄉的一片湖塘〉。（註七）

南海是我家鄉的一片湖塘

那些永暑礁呀華陽島呀赤瓜礁呀
是湖塘裡舒展的荷葉
盛開的蓮花
交織成了醉人的憧憬

我願是一隻蜻蜓
每天用露水洗洗眼睛
飛進那如煙如畫的詩境——
　落於葉
　棲於花
　站於莖
　聽湖塘船歌
　觀四季風景

如果有夢
那也是一枚熟透了的蓮籽掉入水中
濺起的月光
是湖的寧靜

二〇一五年六月十八日

這首詩依據《新華社》電，《中國日記》系列的報導，外交部發言人陸慷十六日就中國南沙島礁建設有關問題答記者問時說，中國在南沙群島部分駐守島礁上的建設將於近期完成陸域吹填工程。

這真是天大的好消息，身為中國詩人，更要提詩讚頌，包含生長在台灣的中國人，從小讀書都知道中國南疆最南到曾母暗沙，南海古來就是我們中國人的領海範圍。海青青的詩更顯大氣，把南海稱「家鄉的一片湖塘」，那太平洋遲早成為中國人的「游泳池」。

既然是詩人家鄉的湖塘，詩人當然就要玩個痛快，化成一隻蜻蜓，在如詩如畫的湖塘裡「**落於葉／棲於花／站於莖／聽湖塘船歌／觀四季風景**」。詩人物化入境，達到「物我合一」的境界。

小結這一章，除詩意欣賞外，每個詩人也都在經由詩文學途徑訴說自己的生命故事。感覺到有一種身不由己的力量，隱約的牽引人們走出自己的道路，對啦！那是因緣的力量。佛經《緣生論》說：「藉緣生煩惱，藉緣亦生業；藉緣亦生報，無一不有緣。」故宇宙間一切萬象、眾生，皆緣聚則生有，緣散則滅無，這便是佛法論空之道理。

至於禪修是否一定要山居？應是不一定的。我國明代大思想家王陽明說：「飢來吃飯倦來眠，只此修行玄更玄；說與世人渾不信，卻從身外覓神仙。」本文所提到的幾位詩人，涂靜怡、陽荷、琹川、海青青，都以生活為道場，以詩為人生之修行。儘管每個人因緣不同，各有難處，我卻已在他們的詩道上，看到修得的正果。

註釋

註一　涂靜怡，〈翻轉的心〉，《牡丹園》（河南洛陽：二〇一五年八月，一版）。

註二　涂靜怡，台灣省桃園縣大溪鎮人，父母早逝，童年在貧困中長大，以半工半讀完成學業，並考取公職。熱愛文學、繪畫、旅行。一九六七年開始發表作品，一九七四年與古丁老師創辦《秋水詩刊》即擔任主編，持續四十年，至二〇一四年（一六〇期）終刊號為止。是《秋水》的靈魂人物，大家公認的大姊頭。為了辦《秋水詩刊》及設置「秋水詩屋」，付出了全部心力與青春歲月，贏得了海內外詩友的一致尊敬與推崇。著有詩集《秋箋》、《畫夢》、《紫色香囊》、《回眸處》、散文集《我心深處》、《世界是一本大書》等編著作計三十五種。資料來源：涂靜怡，《秋水四十年》（台北：詩藝文出版社，二〇一五年五月四日增訂版），封內摺頁。

註三　陽荷，〈老酒甕〉，同註一。

註四　陽荷，〈座位〉，同註一。

註五　陽荷，〈琹川山居〉，同註一。陽荷，本名陳碧珠，台灣省南投縣人，一九六一年生，天生多情，關於她的故事很長、很動人。她大姊頭涂靜怡筆下「最親愛的同仁」。她至愛的丈夫於一九九三年因病過逝，留下一對年幼的兒女，陽荷含淚教書默默撫育一對兒女，如今孩子應該都長大了。

琹川，本名洪嘉君，台灣省台南新營人，一九六〇年生。輔仁大學中文系畢業，師範大學國文所結業，她是《秋水》執行編輯，秋水網站的「駐站詩人」，她寫得一手好散文和好詩。以上資料詳見：涂靜怡，〈寫我最親愛的同仁〉，見《秋水四十年》，頁二三七—二六〇。

二〇二〇年春，「新冠病毒」在人間展開「第三次世界大戰」，全球抗疫，相信人類終能打敗病毒。陽荷這首〈他為蒼生說過話〉，為人類抗疫史留下見證。收錄雅賞（人間福報，二〇二〇年二月十九日，第十五版）：

他爲蒼生說過話

文：陽荷

誰能註解
躺下的聲音
能在歷史迴盪多久

誰聽得見
你曾向世人說
看不見的敵人
一場悄悄進逼的戰役

誰看的見
你堅毅智慧的眼
早已透視病毒的偽裝

誰相信
隱匿的陽光
已開始預告一波波封鎖的驚慌

誰能卸除牆籬
當環伺的敵人久久不肯退去
愛與愛的距離
正探測人心最深摯的呼吸

而當你已躺下
淚與痛浸染的墓誌銘
傲然鐫刻著：
「他為蒼生說過話」

註：有感武漢病毒吹哨者李文亮
　　醫師病逝書此詩。

註六　陳福成，《海青青的天空》（台北：文史哲出版社，二〇一五年九月）。
註七　海青青，〈南海，家鄉的一片湖塘〉，同註一，第三版。

第二章 總第四十八大朵藍

《牡丹園》詩刊總第四十八期「大朵藍號」，二〇一六年二月出刊了。詩訊有祝賀《牡丹園》十週年的詩人書信，如琹涵（台灣）、夏矛（浙江）、涂靜怡等。涂大姊在信中提到筆者和她「未能走到最後」的一段緣，有這麼一段話：（註一）

福成先生的熱誠值得肯定，他也曾幫過《秋水》，是一位熱心腸的多產作家。他的軍事戰略書籍比文學作品有名多了，和我也很熟，但寫詩的風格不同。他也曾一度成了《秋水》的同仁，但因詩風不夠唯美而未能走到最後……。

近幾年來，台灣詩壇活動偶爾仍會碰到這位大姊，她在《秋水》詩刊第一六〇期終刊後，另成立一個秋水團體（好像叫蘭溪），加入的門檻很高，可能比進入台灣大學高。

秋水是個溫馨的小圈圈，很多詩人很想入圈（含筆者在內），享受片刻溫情也好，都因「資格、條件」等不合，只能「望幸雙眸凝秋水」、「眼穿常訝雙魚斷」。

這期也正好我的海青青研究《海青青的天空》一書出版。（註二）海青青寄贈詩友，有詩友回應，馬瑞臨（雲南詩人）的謝函：李幼容（詩人）題詞曰：「洛陽牡丹別樣紅，詩圃園丁海青青。」；天楊（遼寧詩人）詩曰：「日久未曾寄詩章，深感青青情意長，牡丹園裡花萬朵，獨領風騷壓群芳。」（註三）有大量海內外詩人作家來函或詩評，僅擇一二略示。

除書信詩訊外，本期作品作者有：聖野（上海）、曾偉強（香港）、路志寬（河北）、吳曉波（江蘇）、何劍勝（江西）、張曉天（遼寧）、張禮（雲南）、鐘彥（湖南、土家族）、李麗玲（貴州）、莫林（上海）。首先讓我感慨萬千的是曾偉強〈移民曲〉一詩。（註四）

外國的月亮
哪及這裡明亮
彼邦多好總比不上故鄉
這世代忘記了鄉愁

故土變得遙遠
還是切記
黃皮膚黑眼珠
永遠的中華人

移民的時代
呼吁無限的感慨
流動的是人心
回歸的也將是人心
誰願異鄉當故鄉
誰願一顆鄉心無憑寄
互聯網壓縮了距離
改變不了窗外的異地

曾經的遊子

曾經的悲思
月光滲出藍調
天空一片蕭條
誰願放下民族的自豪
誰甘願被視作二等公民
是歷史的無奈
還是時代的悲哀

二〇一四年十二月七日

這首〈移民曲〉寫的是「香港問題」，我是一個從「大歷史」（Macro-history）看國家、社會和國際問題的人，也就是類似「香港問題」或「台灣問題」，必須思考三至五百年的內外歷史淵源，才能洞知全部真象。這是人類中極少數的戰略家或思想家，才具備的理解智慧。

提出「中國大歷史」概念的黃仁宇，縱論黑格爾和湯恩比對世界各文明的分析，認為大歷史以六百年至八百年構成一個單元，敘述當中非人身因素（Impersonal Factors）

所產生的作用，他引托爾斯泰在《戰爭與和平》一書的論解。（註五）

人類的智力不能掌握著一切整體現象之起因。但是企望發現這些起因的需求卻縈懷在人類靈魂之中。人的智能還不能查驗得出來各種現象的繁複情形，首先抓住著第一項近似於起因的事物，立時叫說：「起因在此！」

依大歷史論，人類本是「短視物種」。從大歷史看，「香港問題」和「台灣問題」本質上是一種。都是被異種長期統治，屬於中華民族、炎黃子孫的基因稀少了，變質了！因而有些人產生身分錯亂和認同存疑，不知道自己本是中國人。加上西方列強要永久分裂中國的計謀操弄，台灣和香港乃呈現詭異亂局，讓少數民族敗類有機可乘。幸好，中國人強起來了，中國的強盛和繁華，已有能力反制西方列強，尤其邪惡美帝，按國家大戰略進程，完成富國強兵和統一的中國夢。

回到曾偉強這首〈移民曲〉，詩人終究是詩人，用詩意點出香港問題，「**月光滲出藍調／天空一片蕭條**」，只能說香港人自找死路，水電糧食都沒有（來自大陸供應），還要鬧什麼？詩人只有無奈說「**是歷史的無奈／還是時代的悲哀**」。賞讀一道年味，吳曉波〈年

的素描〉。（註六）

時光，把歲月趕至年關
歇下腳，呵上一口氣
茫茫大地塗上一層若即若離
年的底色

年的素描，從母親針腳開始
穿著吉祥，引著祝福，密密地縫
縫上暖暖炊煙、如意美好
父親的狼豪，筆力雄健
筆鋒過處，落下一串串
雪白的糍粑和年糕
村姑娘心靈手巧，相思折成窗花

敞開心扉，擠眉弄眼的笑
迎春對聯，貼在冬的眉眼
幾縷唐風，幾縷宋韵
給年押上紅色的韵腳

孩子們歡笑，裝進
壓歲錢包
三五碟小菜，一兩壺濁酒
世代守望的父親
醉倒在年年歲歲的嘮叨
團團圓圓的元宵
悄悄給年劃下一個
圓圓句號

左思右想，只有在春節（或中秋、端午），似乎中國才是統一的，此期間，大陸和港台，乃至海外，所有中國人以相同模式過節，相同的心情做相同的事。我相信，那些港獨台獨份子，仍要過春節或端午中秋，因為他們骨子裡，仍是中國人，仍是炎黃子孫，洗都洗不掉！

〈年的素描〉把中國人的春節氣氛，描述的很完整。從母親開始的各項春節準備工作、父親寫春聯，到姑娘們的針線細活，孩子們的玩樂，父輩們圓滿的收尾，元宵劃下年的句點。

從詩意技巧上賞讀這首詩，起首第一句，時光把歲月「趕」至年關，趕字用的極好，讓時光好像成了活生生的活人。接下來各個角色都到位了，整個內涵呈現中國風特色，唐風、宋韻，完全屬於中國人的年節。但有人說中國人不夠浪漫，就來一點浪漫，何劍勝的〈風雲戀〉。（註七）

噓！別出聲
多情的風
正在與雲
談戀愛

風
總是在遷就
愛浪漫的雲
可一不小心
還是傷了雲的心

看，抽抽搭搭的雲
一會
就打濕了
通往春天裡的小路

浪漫、唯美的小詩，把風和雲的互動關係，比喻男女談戀愛，意象鮮活而飄逸，風不吹雲不動，風又常遷就雲。顯然，風是個帥哥，雲是位美女。「**可一不小心／還是傷了雲的心**」，詩意想像空間很大，男生到底怎樣傷了女生的心？男人總是不懂女人心，原因很多，有了外遇嗎？

詩句有些暗示，風（男生）總是在遷就愛浪漫的雲（女生），兩性之間不可能永遠一方遷就一方，不找到妥協的平衡點，分手已可預期。終於男子受不了了！女子含淚而去，淚水「**打濕了／通往春天裡的小路**」。

想像力是文學藝術的「點金棒」，可點石成金，這首詩的想像跨度頗大，而比喻之用也很貼切鮮活，很能引起讀者反思。

註　釋

註一　涂靜怡給海青青的信。《牡丹園》（河南洛陽：二〇一六年二月總第四十八期），第三版。

註二　陳福成，《海青青的天空》（台北：文史哲出版社，二〇一五年九月）。

註三　同註一。

註四　曾偉強，〈移民曲〉。《牡丹園》，總第四十八期，第一版。

註五　黃仁宇，《大歷史不會萎縮》（台北：聯經出版事業股份有限公司，二〇〇四年九月），頁二九。黃仁宇（一九一八—二〇〇〇）。湖南長沙人，一九三八年成都陸軍官校畢業，後到美國進修，著作甚多有：《緬北之戰》、《中國大歷史》、《萬曆十五年》、《黃河青山：黃仁宇回憶錄》（二〇〇一）、《近代中國的出路》等。

註六 吳曉波，〈年的素描〉，同註四。

註七 何劍勝，〈風雲戀〉，同註四，第二版。

第三章 二〇一六洛陽牡丹文化節號

據聞，吾國的「洛陽牡丹花節」，從唐朝就開始，延續一千多年未斷，是地球上持續最久的民間慶典。又有不少傳奇故事，如武則天規定牡丹花何時開，花便何時開！說不准開就不開……反正地球上各文明古國，總有一些神話故事，使節慶更豐富。

詩人海青青有幸生長在洛陽，是我國文明文化很深厚的古都，他從小必定吃了很多洛陽的「精氣神靈」，才成為一個詩人，用《牡丹園》詩刊，發揚洛陽的牡丹節文化精神。所以，這期的《牡丹園》（總第四十九期，二〇一六年四月出刊），也叫「牡丹文化節號」（第三十四屆），同時慶祝第五屆「牡丹園」筆會。

這期《牡丹園》發表作品的詩人有：木斧（四川）、涂靜怡（台灣）、傅家駒（上海）、台客（台灣）、陳福成（台灣，即筆者）、曾偉強（香港）、何軍雄（甘肅）、李布（山東）、戈三同（內蒙古）、聶時珍（湖北）、陳立（四川省眉山市東城小學）、海青青（河南）。

賞讀木斧的〈尋找風景〉。（註一）

撥開烏雲，撥開迷霧
撥開眼前的障礙
撥開堆積在身上的殘渣
我要尋找悠靜的風景

古老的風景已經被推倒
新生的風景躲進了深山老林
野草中踩出了一條旅遊大道
那裡的悠靜又逃之夭夭

風景變成了我無法躲藏的地方
悠靜變成繁華，繁華變成風景
尋來尋去，找來找去

原來我就住在一座風景城

二〇一六年三月寫於成都天府新區

說烏雲，即非烏雲，說迷霧，亦非迷霧，障礙與殘渣更非是。這是人生不斷的精進！不斷的追尋！追尋生命中的理想國，當然是要日日新，用新的明天推翻舊的今天，把今日的落伍揚棄。

但木斧這首詩所尋找的風景恐不止於個人之理想國，更上升到國家民族的理想國，還有一個社會的美麗風景。「**古老的風景已經被推倒／新生的風景躲進了深山老林／野草中踩出了一條旅遊大道／那裡的悠靜又逃之夭夭**」。古老的風景是什麼？是封建舊制度嗎？還是古老的鄉村？新生的風景又是什麼？是新發現的風景勝地，瞬間引來大批人潮，悠靜又化成泡影！最後詩人發現自己就生活在風景城，自己也是風景的一部分。

詩人尚有文字以外的不說之意，真正的悠靜不在深山老林，也不在繁華城市叢林，而在自己的內心世界。內心悠靜了，世界到哪裡都悠靜。如陶淵明的〈飲酒〉詩，「結廬在人境，而無車馬喧。問君何能爾，心遠地自偏……」這便是境由心生的道理，風景之生亦如是。賞讀台客〈暮春四月的盛事〉。（註二）

暮春四月的盛事
是洛陽牡丹花開的訊息
人們紛紛從各地趕來
為一睹花仙子的風采

她們靜靜地在園中
以雍容華貴之姿
或紅或紫或墨或藍
緊緊吸引我們的目光

花仙子、花仙子
成群結隊陣容浩大
雖不能為我們舞一曲
但也足堪告慰渴慕的眼光

古人為賞花仙子
不惜把握花期秉燭夜遊
今人為一睹花仙子
我們千里迢迢跨海前來

台客詩風以平易近人著名於兩岸中國詩壇，因其平易近人流傳甚廣，全中國（含台灣），到處都有「台客粉絲」。因此，筆者提文稱台客是「現代白居易」。（註三）白居易（字樂天），是吾國大唐時代大詩人，一千多年來他的作品始終受人喜愛，流傳很廣。主要是他的文學觀，認為詩文學要反映人民的生活和民心，所以詩要讓普羅大眾懂，「婦孺都曉」。《墨客揮犀》中有一段記載：「白樂天每作詩，令一老嫗解之，問曰：『解否？』曰：『解』，則錄之，不解則又復易之，故唐末之詩，近於鄙俚也。」（註四）筆者也一向主張寫詩要讓人懂，那些讓人讀不懂的詩，其實作者是白做工的，浪費時間筆墨！生命花在這種地方，可惜了！寫詩不必讓人懂，寫了何用？

台客這首〈暮春四月的盛事〉，把洛陽牡丹花節盛況，真實而鮮活的呈現出來，未到洛陽賞花的人，讀之也感受到臨場氣氛。想來他也叫鄰居老嫗看過，阿公阿婆都懂得這詩在說什麼！

筆者一生也愛舞文弄墨，武夫之外又得作家、詩人之美名，也算人間道上添增風彩，又交一群詩人朋友，千山不獨行，不亦快哉！這期《牡丹園》也刊出筆者一首詩，〈愛的傳承〉。（註五）

十八姑娘一朵花
幾春過
嫩白小手成黃瓜
日子飛快
青絲飄雪花
還有幾片落葉飄
兒女成家立業生娃娃
娃兒追著公婆要玩耍
轉眼娃娃又長大

愛的傳承走到二十一世紀
很多人說：太累不傳了

這是一個新的世界潮流，不婚、不戀、不生的時代，享受獨來獨往、獨居獨死的享樂主義。有人擔心人類會絕種，其實大可放心，要婚要生的大有人在，只是少子化確實對國家、社會小有影響。

詩在寫什麼？大家一看就懂，沒有太多跳接。只是詩好不好，筆者不能球員兼裁判，老陳賣瓜也不能說瓜不甜。所以，詩評賞析大權就留給讀者吧！賞讀海青青〈牡丹心語〉。（註六）

臉上一春風
按耐不住一冬激情
推掉一切
去赴你一年一度的約定

陋室打掃乾淨
洛水溢滿唐三彩花瓶
單等你來
盧舍那般含笑蓮中

宣紙為你備好
筆墨也已備停
就等你在畫幅上
舞一曲國色輕盈

還要把你移進心中
讓詩句吐露你天香
讓玉笛回蕩你倩影
還有
排練了一年的心語

要說給你一個人

一個人聽……

詩創作方法上，有所謂「有我之境」，是從詩人的眼睛心思看世界，表現詩人鮮明的情感色彩。另有「無我之境」，從客觀景物看世界，表現客觀景物的藝術風格。無我之境正是文學藝術上的「物化」，詩人和客觀之物合而為一，及天人合一，境界乃出。

海青青這首詩正是典型的「物化」，把自己化成牡丹花，才能知道牡丹花的心思，原來牡丹花仙子已經按耐不住一冬的等待，急著要走上伸展台，表現她的風采。第二、三段是花瓶和國畫中的牡丹花，室內花瓶中一株牡丹如盧舍那佛之清淨，若展現在宣紙上，便有國色天香之動態美感。

最後詩人要把牡丹花藏在心中，醞釀成詩句，或在微風中展演花仙子的倩影，把詩人心中的秘密說給花仙子一人聽。這是詩人的「人花戀」，牡丹花是詩人的夢中情人，古有「梅妻鶴子」，今有人花愛戀，亦可謂詩壇一段佳話！賞讀一首聶時珍的〈心如蓮花〉。（註七）

借潔白一瓣
來裝飾時間的孤寂
有一種信念
總會穿越無盡時空
總會彈響生命之弦

不求蓮葉無窮碧
不求荷花別樣紅
做一株平凡的蓮
靜靜的綻放
默默地凋零

當疲憊的翅膀
打坐蓮心
親昵空氣的芬芳

和一池月光交談
享受塵世的慢
露水般晶瑩的詩心
回歸，躍然紙上

釋迦牟尼佛稱這人間世界叫「五濁惡世」（劫濁、見濁、煩惱濁、眾生濁、命中濁）。因此，做為一個凡人，生命過程中要做到身心靈內外完全的「純潔清淨」，可以說是不可能的任務。但佛為鼓勵人修行精進，按「八正道」（正見、正思維、正語、正業、正命、正精進、正念、正定）修習，也可以達到清淨成佛的境界。這當然不容易，但有為的人可以朝這個理想去努力。

詩人有理想、有信念，期許自己「心如蓮花」，蓮花正是佛法的象徵。「**不求蓮葉無窮碧／不求荷花別樣紅……和一池月光交談／享受塵世的慢／露水般晶瑩的詩心／回歸，躍然紙上**」。自然就是美，自然法就是佛法，詩人有了這樣的境界。

註釋

註一　木斧，〈尋找風景〉，《牡丹園》（河南洛陽，二〇一六年四月，總第四十九期），第一版。

註二　台客，〈暮春四月的盛事〉，同註一。台客，本名廖振卿，一九五一年生，台灣省新北市人，成功大學外文系畢業，現代中國著名詩人，著有詩集、詩論、散文十餘部，主編《葡萄園》詩刊二十餘年。

註三　陳福成，〈賞讀台客詩集《種詩的人》〉，《華文現代詩》（台北：文史哲出版社，二〇一九年十一月，第二十三期），頁四八—五五。本文也收錄在台客著，《種詩的人—八行詩三百首》（台北：文史哲出版社，二〇一九年九月），頁一八三—一九六，文題改〈現代白居易：賞讀台客詩集《種詩的人》〉。

註四　孟瑤，《中國文學史》（台北：大中國圖書公司，民國八十二年六月，四版），頁二七四—二七五。

註五　陳福成，〈愛的傳承〉，同註一，第二版。

註六　海青青，〈牡丹心語〉，同註一，第二版。

註七　聶時珍，〈心如蓮花〉，同註六。

第四章　大花黃號七詩人首播

《牡丹園》詩刊總第五十一期（大花黃號），於二〇一六年十一月出刊了。海青青特別在〈主編寄語〉說，本期開始，十年的《牡丹園》將展開新的一頁，使詩刊成為一份最乾淨的詩刊、一份最高尚的詩刊、一份最中國的詩刊。其實多年來，我看《牡丹園》正是這風格。

本期刊出作品的詩人有：荊卓然（山西）、路志寬（河北）、海州子（江蘇）、唐德林（遼寧）、周俞林（湖南）、艾文章（山東）、非馬（江蘇）、何建生（江西）、木斧（四川）、湯雲明（雲南）、清雲縹緲（山東）、海青青（河南）。

以上各詩家，有七位第一次在「詩的牡丹園」裡播下詩句：海州子、唐德林、艾文章、非馬、何建生、湯雲明、清雲縹緲。本章就賞讀這七位首播詩人的作品，海州子的〈岩羊〉。（註一）

它想著自己的角
血一滴滴落上岩石
秋季　正是時候
它將和太陽一起滾下山谷

槍聲　預示了一切
它還是跑了很遠
這山崖神秘　被光染得紫紅
死前　岩羊都站在這裡

它把角在石頭蹭來蹭去
像鋥亮的銅號
疼痛　使它想到以後
傍晚的天空很美

它想起伙伴　年老的族長
陽光搖動漫山的森林
好像很早就有這個故事
它柔軟的毛被風吹起

時候到了　再沒有什麼可想
太陽像火熱的銅鏡
它看到自己　感到驕傲
彎角有血的顏色

它踏著踏石脊
像以往那樣躍過山頂
它和太陽一起倒下
滾落空空的山谷

岩羊，是什麼羊？如果我沒看過岩羊的特異功夫，我對這首詩的理解就不夠深入。幸好，所有電視節目中，「屬人的節目」我大多不喜歡，也就不看了！只喜歡看「野生動物節目」，所以我了解「岩羊」這種動物。岩羊的蹄經演化有特異功夫，能在幾乎垂直的懸崖岩壁上高來高去，爬樹也是輕而易舉，這是生存演化的結果。

極有深意的詩，海州子化身成一隻岩羊，看到另一隻岩羊被人類射殺，感同身受，寫出岩羊臨終前的感言。整首詩看不出有恨，至少岩羊會痛恨殺它的人類，也沒有，就像一個了無牽掛的人，「**時候到了　再沒有什麼可想……滾落空空的山谷**」。該是走的時候了！恩怨情仇就全都放下吧！

畢竟是死在不該死的時候，詩意也很感傷，血一滴滴在岩石上，此刻正和太陽一起倒下（黃昏），想著伙伴和長老們。臨終前，岩羊回顧自己的一生，感到驕傲，所以詩的首尾兩段，都強調岩羊和太陽同在，一起倒下！多麼悲壯。啊！這隻岩羊是了不起的英雄，更像一位有道的禪修者。賞讀唐德林〈距離〉。（註二）

才屯村的西面
是一架山坡

山坡上的一片墳墓
像是又一座村落
從這個村落到那個村落
僅僅也就
一公里路程
而才屯村裡的人
從這個村子過戶到那個村子
卻要搭上
一輩子光陰

台灣人叫墓園「夜總會」，這地方晚上很熱鬧，有如夜總會，真有想像力。而這首詩不在想像力，在詩意的啟示性。「**才屯村裡的人／從這個村子過戶到那個村子／卻要搭上／一輩子光陰**」。人人都要過一輩子，最後過戶到「那個村子」。甚至人一出生，所有的人就開始在「過戶到那個村子」，不知何時到達！每個人都遲早要到。

詩有言外之意，一輩子光陰是多久？三年、五年、五十年或……就算活了百歲，也是白駒過隙。何況，很多人沒有機會老！很多人更沒有機會長大！很多人在「不該走」的時候，就被迫「過戶到那個村子」。現在還活著的人，你要怎樣好好過一輩子？向海青青學學！賞讀艾文章〈父親的詩歌〉。（註三）

父親的詩歌
不寫在稿紙上
而是在田野的畦壟裡
他常常以鋤做筆
揮汗如雨

父親的詩歌，題材寬廣
有含羞的玉米，潑辣的高粱
也有花生的朦朧，棉花的意象
每次讀起父親的詩歌
總讓我熱淚盈眶

父親對他的詩歌，總是
不斷的修改，潤色
刪除其中空洞的詞語
深秋，父親的詩歌
發表在白雲藍天下
等待糧倉，結集出版

這一定是一個孝順的好孩子，他能體諒父親一輩子種田的辛苦，傳統的農夫大都不識字或教育程度不高。當兒女的要如何頌揚父親的偉大，這位詩人真有創意，把父親在大地揮鋤種地的形象，化成以鋤作筆，種出各種農產品。農作過程和寫作類似，「**父親對他的詩歌，總是／不斷的修改，潤色／刪除其中空洞的詞語……**」。

全詩結構完整，與農作物成長過程配合，從揮鋤翻土、作物下種、修枝除草，最後準備收割放入糧倉，有如出版一本詩集的經過。這種比喻方式和頌揚父親的用心，在詩壇極少見，所以說極有創意的一首詩。孝順的孩子知道父母的辛苦，更感恩父母的功德，

真是很難得。賞讀非馬的詩，〈塵埃〉。（註四）

一個年邁的流浪漢
蜷縮在街角
盯著低沉的暮色
像自己髒舊的衣褂

身旁的燈光次第亮了
彷若鋒利的起子
戳開黑暗
他不由得又往更黑處
挪了挪身子……

極為撼動人心的一首小詩，引人感傷與慨嘆！為什麼有的人卑微如塵埃，而社會上已有很多人揮金如土。詩意之外，也讓人反思社會政策的不足，乃至經濟制度是否完善，詩人未說，但言外之意讓人深悟。

第二段意象也很驚恐，次第亮起的燈光，如鋒利的起子，戳開黑暗，流浪漢往更黑處挪。這似乎說，此處不是最黑，還有更黑的地方，流浪漢為什麼一直處在黑暗之處？非馬另一首〈二斤大米〉也很感人。（註五）

當年的他瘦削　蒼白
攥著幾枚汗津津的鎳幣
從鄉下往城裡趕
只是為了一本心儀已久的詩集

那個年代　溫飽遠比詩歌重要
而他卻把從牙縫間摳來的糧食
去換取另一種糧食
營養清貧的心靈

幾枚鎳幣約等於二斤大米
米粒的數量與詩集中的漢字
也彷彿同等
五十年後　我遙想起那個後來
成為我父親的年輕人
如何在每個枯寂的夜晚
借著煤油燈昏黃的亮光
掂量這糧食一樣的
詩句……

台灣和大陸都經歷過一段「一窮二白」的階段，台灣約在民國六十年之前，大陸約在改革開放之前，那時候貧窮是社會普遍現象。省下吃飯錢去買一本心愛的書，相信是老一輩人珍貴的回憶，僅會發生在愛讀書（詩）人身上，筆者曾經有過，才和這首詩有共鳴。

這首詩感人之處在於，一本詩集等價的「二斤大米」，當手上只有一點點銀子，你要買一本詩集或二斤大米？詩集不能吃，二斤大米全家吃幾餐！經由這樣的比較，這位詩人的父親依然選擇買詩集。因為心靈飢渴更需要精神糧食，這位詩人的父親應該也是愛詩的人，甚至可能是上一代老詩人。但在吾國詩史上有一種說法，謂「窮則工」，是說貧窮才能有好作品，杜甫是個例子・這是「理論」嗎？賞讀何建生〈螢火蟲〉。（註六）

有人在鄉下
捕捉到數以萬計的螢火蟲
然後打包賣給城裡人
在遍地是石頭的城市裡
即使偶遇從鄉下移植來的
巴掌大的碧草和湖畔
讓進城的螢火蟲
依然找不到家的感覺
它們水土不服的體質
急轉直下

身體的光也在慢慢暗淡
在城裡的那次最後亮相
是它們用生命做展覽
那漸漸熄滅的光還是照見了
人心的荒蕪和貪婪

讓我想起五十年前的台灣，從北到南，從東到西，全島的夜市，都在賣蛇肉、蛇湯、烤鳥，各種野生動物（含香肉，即狗肉），凡能吃的都有人賣、有人吃。有了「市場」，就必定有人去捕捉野生動物，這是到了廿一世紀的今天，許多動物面臨絕種，問題和原理都一樣，象牙有市場，大象必死於非命，其他亦如是。

我常在想，恐龍好幸福，六千萬年前先絕種了。要是恐龍活到現在，不知人類如何搞死牠們！烤恐龍腿、紅燒恐龍肉……牠們多厲害，也不會比槍砲武器厲害，可以讓牠們死得更慘！

著名的黑猩猩保育專家珍古德曾說：「人類的出現是進化論的錯誤。」這話很有道理，螢火蟲臨終前照見了人心的荒蕪和貪婪。那些被獵殺至快要絕種的生物，獅、虎、象、犀牛……都是證明了人類無盡的貪婪，終於引來「地球第六次大滅絕」加快發生，到時「人科動物」將可能一起滅絕！賞讀湯雲明〈酒興〉。（註七）

酒桌上你兄我弟　相交恨晚
敬你一杯　保持聯繫　有空來坐坐
散席時相擁傾訴　難捨難盡興
互留電話　又加微信　還有事找兄弟

一週後街頭相見　我們對視　點頭
顯然　煙酒點燃的熱情還沒有散盡
一個月後再相見　好像在哪裡見過
有些面熟　一下想不起來　姓什名誰

一個季度後　還是原來的你我
還是熟悉的街頭　只有路人甲乙
靠酒精催化出來的　兄弟情誼
比酒興　酒意散得更快

現代社會人際應酬「怪」現象，普通性很高，也可以說是正常現象。筆者經歷過一段這種日子，讀起詩也就有些共鳴，二十多年前因工作關係天天有應酬，有時一天下來收了一百多張名片，參與的團體多達三十多個。這種生活很可怕，身體受不了！人會短命！

終於痛定思痛，「無謂」的團體全部終結，只保留有真情真性的好友小圈圈，生活全面簡化。十五年來，我過「極簡生活」，人生的意義，生命的價值，自我之找尋，均因此而顯現，快哉！

這首詩的好，在於詩人寫出了現代社會人際關係的真相，戳破了酒場「酒話連篇」的假相。無數社交場上的俊男美女、政商各界領導，讀到這首詩，定是當頭一棒喝！由不得從此改變了生活型態，過著如筆者的「極簡生活」。賞讀清雲縹緲的〈落盡梨花月〉。（註八）

橫笛殘韵憔悴了笑靨
水袖輕舞驚擾了前世寂寞
輕淺一吻如雪
一別如斯，落盡梨花月

丹唇微啟輕吟上邪
裙袂飄揚不過是燃情一刻
為你寫下一闋詞
美麗的字句散落在多情的季節

洗盡鉛華往事如昨
輪迴幾度我就變成了一個傳說
花落香猶在
佛不渡我我便成魔

〈採桑子〉，「而今才道當時錯，心緒淒迷。紅淚偷垂，滿眼春風百事非。情知此後來無計，強說歡期。一別如斯，落盡梨花月又西。」古詩詞中許多感情豐富又賺人熱淚的經典，不論寫人生成敗或才子佳人離散，現代新詩人回到傳統取經，甚為常見，如這首詩。

詩人不管寫客觀情境或自己親身故事，都建立在真性情上方是好詩，自己的故事更容易和讀者共鳴。「**輕淺一吻如雪／一別如斯，落盡梨花月……爲你寫下一闋詞／美麗的字句散落在多情的季節**」。心愛的女人似乎離去了，花去香還在，難忘啊！這種感傷男人比女人多，是否要出家了？

總的看以上七家詩人，雖第一次在「詩的牡丹園」播下詩句，但看作品都不像新手。應該都已在詩壇上磨練過，其他詩刊發表過作品，讀他們的詩有這樣的感覺！

註　釋

註一　海州子，〈岩羊〉，《牡丹園》（河南洛陽：二〇一六年十一月，總第五十一期），第二版。

註二　唐德林，〈距離〉，同註一。

註三　艾文章，〈父親的詩歌〉，同註一。

註四　非馬，〈塵埃〉，同註一，第二、三版。

註五　非馬，〈二斤大米〉，同註一，第三版。

註六　何建生，〈螢火蟲〉，同註五。

註七　湯雲明，〈酒興〉，同註五。

註八　清雲縹緲，〈落盡梨花月〉，同註五。

第五章　兩位從未謀面的詩友

——卓琦培和吳開晉

《牡丹園》詩刊（總第五十二期，二〇一七年二月出刊，特名「大紅蓮號」。本期刊出作品的詩人有：卓琦培（江蘇）、吳開晉（北京）、蘇其善（重慶）、北城（內蒙古）、蔡同偉（山東）、冉永梅（重慶）、湯雲明（雲南）、肖華興（雲南）、路志寬（河北）、海青青（河南）

以上各家詩人，除海青青和我曾有一面之緣外，卓琦培和吳開晉二位詩人，是筆者從未見過面的詩友，我們在多年前也有過一些詩歌因緣。雖未見過面，但文學交流的因緣，已成為我人生回憶的一部分，很深刻的回憶，讓我常思如何回報！

人生說長不長，說短不短，幾十年。人的成長是「活在社交中」，活在各種關係中（除獨自隱居深山），一輩子交流過可能幾萬人。除了血親、姻親之外，能在你的「記憶腦海光碟」佔一小小空間的朋友，其實不多；而從未見面的文友能成為你記憶對象，更是稀有！因此，本章經由賞讀這兩位「老友」的作品，讓我重溫那段文人的真情，但願他們健康長壽，著作如長江黃河之水！

壹、賞讀卓琦培作品

卓琦培，江蘇省作家協會會員，曾任《揚子江》詩刊編輯。因為他的關係，有段時間我常收到《揚子江》詩刊，約持續五、六年之久，近幾年都沒收到（大概他不當編輯了。為回應（也是回報）這段因緣，我寫了《暇豫翻翻《揚子江》詩刊》一書，這是我讀《揚子江》詩刊的一些心得筆記。由台北的文史哲出版社，於二〇一八年二月出版，寄贈數十本給「揚子江詩友」。（註一）

我和卓琦培先生也有書信交流，互贈作品。筆者為保存這一代作家詩人手稿，將這輩子和我有往來的文友書信全部出版，正式出版才能典藏在圖書館。卓先生寫給我的親筆信手稿，收錄在《最後一代書寫的身影——陳福成往來殘簡殘存集》一書。（註二）書出版後，所有手稿原件全部贈送大學圖書館典藏。

這是我和卓先生的一段詩緣，給我深刻的回憶，他也有不少著作，我已有多年沒他

訊息。在這期《牡丹園》他發表三首詩，先賞閱〈李白〉。（註三）

和我一樣
只是一名過客
於悠悠的天地之間流浪

都說你已經步入蒼茫
留一顆詩心，在黃昏，在早晨
在天和地無法彌合的地方

看人世間莽莽的原野山崗
總是被一條又一條路糾纏
結成生生世世走不出的網

難道這就是詩人忘不掉的故鄉

讓你愛，讓你心痛，讓你拍案而起
讓你熱淚盈眶，讓你酒醉詩狂

一頭白髮三千丈
每一根都蔑視頭頂上的烏雲
每一根都在烏雲背後尋找太陽

揮一揮手，用炯炯的目光
告訴你，說詩人死了
可是詩，卻永遠也不會死亡

李白在中國文學史有「詩仙」之名，站在中國文壇最頂尖的地位，歷史上沒有誰敢和詩仙攀比。故，能夠說出李白和自己同是一過客，同在天地間飄流，基本上是人生有了歷練和深悟的人，從眾生平等的視野看出，眾生都是一過客。這首詩的起首架勢，我已然看出詩人的不凡，對卓先生我知道的很少，但詩意看詩人，他對人生已經有了獨到領悟和理解。

眾生不僅是天地間一過客，而且都活在一張人際關係的網中，在網中糾纏，愛恨情仇都在網裡糾結，誰能成人成賢？就看個人因緣造化。但生命短暫有限，作品可以久遠流傳，這是詩人的自信和理念。有一把年紀了！「揮一揮手，用炯炯的目光／告訴你，說詩人死了／可是詩，卻永遠也不會死亡」。賞讀〈陸游〉。（註四）

二十歲，新婚的愛
家中的母親不合意
一個夢碎了

三十歲，科舉第一
朝中的權貴不合意
又一個夢碎了

四十歲，投筆從容

借大散關的秋風
尋找金戈鐵馬的夢

六十歲，臨安客舍樓上聽雨
二十歲三十歲四十歲的夢
紛紛滴落到地上，全都碎了

百般無奈，只好把
鵝黃嫩綠的夢，漸紅漸褐的夢
一片一片，寫在詩裡

一部劍南春，一萬首詩
一萬張無枝可依的落葉
每一張都是，夢的碎片

這首詩寫陸游的一生，讀來萬分感傷，一生的夢都成為碎片，如無枝可依的落葉，怎不叫人同情；最心愛的美夢又被自己的母親打碎，只能嘆命苦！在那個年代又不能也不敢造反！

我年輕時讀中國文學史，就最同情這位吾國南宋時期的偉大愛國詩人。他的感情世界如他的〈釵頭鳳〉一詞，「錯，錯，錯……莫，莫，莫……」可謂一生痛苦的寫照。幸好，歷史給他公平的回報，千年以來，我們都記得他的臨終遺命：「死去原知萬事空，但悲不見九州同，王師北定中原日，家祭勿忘告乃翁。」。

陸游所處的年代政局，和一九四九年後的兩岸很類似，他有很正確（偉大）的政治抱負，主張南宋必須完成北伐統一全中國。可惜！南宋朝廷只要偏安，他當然就不受重用。一九四九年後的台灣也是偏安，「反攻大陸」用嘴說說就好！

「四十歲，投筆從容／借大散關的秋風／尋找金戈鐵馬的夢」。成為一位革命軍人，他到大散關和隴縣一帶軍事前線考察，了解攻守之策，更知道了北方百姓盼望南宋軍隊進攻，只是皇帝以下大家只想當太平官。他帶著悲憤心情，吟著「衣上征塵雜酒痕，遠遊無處不消魂。此身合是詩人未，細雨騎驢入劍門。」他回到四川，自號放翁，把自己全部詩作題名《劍南詩稿》。賞讀卓琦培另一首〈霸王墓〉。（註五）

叫霸王墓

墓裡並沒有那顆
擲地有聲的頭顱

墓是空的，人世間
除了反反覆覆的炎涼
沒有勝負

頭可以一劍揮去
脊梁卻站著
視萬事萬物如無物

在這裡沉思了二千年
若碑若碣，守在墓旁

遲遲地，不肯化作塵土

從〈李白〉到〈霸王墓〉，詩人洞澈人生真相、生命實相，乃至可能「看穿看破」了！他今年（二〇一九）八十四歲了，想必宇宙也看破了！這才是生命意義的昇華，正如《金剛經》最後總結：「一切有為法，如夢幻泡影，如露亦如電，應作如是觀。」

讀卓琦培的詩，除了在《牡金園》，另他寄贈我的《天籟五音》一書的歲月篇，也有幾十首。（註六）在《揚子江》詩刊也有，他應該也是多產詩人。

貳、賞讀吳開晉作品

山東大學教授吳開晉，因台客和文曉村關係，和我也有一段詩緣。多年前我出版詩集《性情世界》，吳教授寄來一篇手寫稿〈函評陳福成《性情世界》現代詩集〉，刊登在《葡萄園》詩刊（二〇〇八年秋季號，第一七九期）。後來我將該文收錄在《與君賞玩天地寬——我在傾聽你的說法》一書，這是一本眾多詩文壇各家所寫我的詩文評論。（註七）他的書信、手稿，我收錄在《最後一代書寫的身影》一書，親筆手稿是這一代文人的珍寶。（註八）近十年來，我以出版為途徑（手段），致力保存這一代，也是最後一代書寫中國方塊字的文人手稿。我們這一代人走後，未來無人能提筆寫字了！

吳教授和我通信不多，好像短短幾封，這期《牡丹園》有他的三首小詩，詩短意涵深廣，有多層次的解讀。賞閱〈百花洲〉。（註九）

群魚翹首
爭望岸邊百花
金菊耀目
攝入波光粼粼水鏡

人非魚，亦非菊，魚和菊是否能思索？是否想要做啥？人（含詩人）是不知道的。但詩文學上經過「物化」技巧，詩人化成魚或菊，借物說話，表達詩人身處百花洲當下的情感或理念。

群魚為何一直翹首？就像我們北望神州，心中一直有所企望；金菊為何一直耀目？有如人們始終有一種表現展演的慾望。魚和菊對身處的「現狀」，似乎都不太滿意，都想要和外界有所交流，這是在暗示人類這物種嗎？很引人深思！另一首〈大明湖劉鶚像〉。

（註十）

漫步凝思
聽鼓書水韵
波濤胸中湧來
揮筆湖面紀游

附註：劉鶚，《老殘遊記》作者

鼓書，是一種傳統說唱藝術，流行於吾國北方。主要曲種有京韵大鼓、西河大鼓、梅花大鼓、樂亭大鼓、東北大鼓、山東大鼓、北京琴書、澤州鼓……《老殘遊記》第二回說到，這說鼓書本是山東鄉下的土調，用一面鼓，兩片梨花簡，名叫梨花大鼓，演說前人故事。

詩人漫步在大明湖畔劉鶚像前，為何波濤自胸中湧來？何事激動？必和劉鶚及其名著《老殘遊記》有關，該書提到「鼓書水韵」講些吾國歷史故事，這可多了！說之不完。賞讀另一首〈大明湖殘荷〉。（註十一）

紅荷雖凋
葉輪仍在
托舉一天清露
潤萬方乾涸目光

一切生命都在生、老、病、死的輪迴中，每個階段都有不同美感，紅荷美、鮮荷美，凋謝的花葉亦美。它用枯老的身影，以無情說法，向眾生演示生命的過程，啟蒙眾生，要把握光陰，自然就是美，還是可以清露潤萬方乾涸的目光。

三首小詩都以大明湖為背景。百花洲，又名百花汀、百花池、小南湖，在山東省濟南市歷下區，北臨明湖路，西鄰曲水亭街，南側與東側是西方教堂和民居，為大明湖畔重要景區，是濟南「家家泉水、戶戶垂楊」地段。吾國其他省市，如江西南昌也有。

註 釋

註一　陳福成，《暇豫翻翻《揚子江》詩刊》（台北：文史哲出版社，二〇一八年二月）。

註二 陳福成，《最後一代書寫的身影——陳福成往來殘簡殘存集》（台北：文史哲出版社，二〇一四年九月），頁六一—六八。

註三 卓琦培，〈李白〉，《牡丹園》（河南洛陽，二〇一七年二月），第一版。

註四 卓琦培，〈陸游〉，同註三。

註五 卓琦培，〈霸王墓〉，同註三。

註六 卓琦培、濮傳俊、張道中、楊余生、畢慶平，《天籟五音》（中國文聯出版社，二〇一三年五月）。〈陸游〉、〈霸王墓〉二首詩，都收錄在這本書。

註七 陳福成，《與君賞玩天地寬——我在傾聽你的說法》（台北：文史哲出版社，二〇一三年五月）。吳開晉評文在六二—六五頁。

註八 同註二，頁六九—七六。

註九 吳開晉，〈百花洲〉，同註三，第二版。

註十 吳開晉，〈大明湖劉鶚像〉，同註九。

註十一 吳開晉，〈大明湖殘荷〉，同註九。

第六章　牡丹園裡的小可愛

詩壇上有句俗話流傳很廣，兩岸中國詩人們應該都聽過：「長詩是讀者的災難。」偏偏有的詩人愛給讀者製造災難，洛夫寫了三千行長詩《漂木》。（註一）首頁有親筆五字「贈　吾妻瓊芳」，相信所有讀者（含筆者）和他老婆都沒有全部讀完，誰願意經常和災難為伍？災難得離遠一點。

但筆者覺得「輸人不輸陣」，洛夫的災難不夠大，我要搞個更大的，顯示我輩詩人無畏之勇氣。於是使勁寫出《囚徒——陳福成五千行長詩》。（註二）五千行，這災難夠大了，一時詩壇上也議論紛紛……我搞故我在！

實際上，絕大多數甚至全部詩人，都喜歡讀小詩，短短的，如美女的迷你裙或小可愛，賞心悅目。這章就在牡丹園裡，欣賞一些詩人的小可愛。

《牡丹園》總第五十三期（第三十五屆牡丹文化節號），於二〇一七年五月出刊。發表作品的詩人有：張紹國（江蘇）、何軍雄（甘肅）、何建生（江西）、張禮（雲南）、羅俊士（河北）、路志寬（河北）、海青青（河南）、湯雲明（雲南）、楊海波（陝西）、顧艷君（河北）、聶難（雲南）。路志寬和海青青的幾首小可愛，我甚為喜歡，路志寬的〈鐮刀〉。（註三）

閃動在大地上
一彎月牙兒

總是被汗水
洗亮

鐮刀擦亮目光
鐵質的風骨，綻放成花

把一把鐮刀寫得像一個有民族氣節的英雄，在神州大地上，閃耀著他的春秋大業，讓人目光一亮。在技巧上，化客體為主體，鐮刀成為一個主動者，他有風骨，有氣節，綻放成花，讓人看起來很舒服。詩雖短小可愛，有強大的精神力。這首詩也發揮了想像力，有「點石成金」的效果。賞閱路志寬〈犁〉。（註四）

是你，讓老牛
和父親成了一生伴侶
清脆的鞭聲
劃破長空，卻打不疼老牛的背
深翻，才能讀懂
土地的內心
交心的深談
才能有實實在在的收成

把老牛、犁和父親（農夫），三者寫成了「桃園三結義」，高明！網路流傳一則妙說，孔明沒有劉備，一輩子當農夫；劉備沒有孔明，成為落敗貴族；而關羽和張飛沒有劉備，一輩子在賣草蓆和豬肉。如是一想，確實有幾分道理，幸好他們結合起來，成大功，立大業，創造經典傳奇故事，永垂不朽。

這首詩類似三結義意涵，只是詩意多了溫馨感。老牛沒有農夫會成為牛肉乾，犁不用只是廢物，農夫（父親）沒有牛和犁，就一事無成了。結合都有了成果，「交心的深談／才能有實實在在的收成」。差別只在成果大小不同，都完成了自我實現。

海青青的短詩寫得極好，越短越小越有看頭。這期《牡丹園》就有他的七首小詩，個個都是小可愛，又有實力結構，引人深思。〈有一天〉。（註五）

沿著命運的路
離故鄉愈走愈遠……
真擔心有一天

把故鄉也走丟了！

廣義而言，眾生的一輩子，都在故鄉和他鄉糾纏著。所有的故鄉，都是往昔之他鄉（異鄉）；所有的他鄉，住久成故鄉。例如，台灣人久遠前從大陸福建來，更久以前從河洛來。推到終極，所有的人類原鄉，都在非洲肯亞一帶，是故那裡是故鄉？又依科學家研究，地球在形成之初是無生命的，生命不可能「無中生有」。再推終極之終極，生命原鄉根本在外星。

但短期而言，我們眷戀著自己出生地或父母所在地，這是現在的故鄉。因工作關係，長年待在他鄉，故鄉快走丟了，他鄉將成故鄉，怎不感傷？怎不賺人熱淚？賞閱他的〈能量〉一詩。（註六）

我想用翅膀丈量一下
天空有多廣？

我想用詩句丈量一下

生命有多長

這是有理想、有勇氣、有自信的人敢做的事，誰能丈量天空？只要具備這「三有」加想像力，才能進行這種不可能的任務。人沒有翅膀，但可以讓詩長出翅膀，飛翔於天空，丈量天空！

人的生命數十年，但詩的生命可以千百年不死。例如，李白、杜甫死了，但他們的詩仍活在很多人心中，恆久不死，這便是經典之作。海青青的詩能被未來的人傳誦多少年？不知道，但詩人敢於去實踐。賞讀〈消失了的鄉愁〉。（註七）

父親去世後
把我的鄉愁留給了母親
而母親去世後
我的鄉愁也跟著母親走進了墳裡……

台灣有句俚語：「父母死斷路頭」（台語發音）。是說父母死了，原生的家就沒了，兄弟姊妹也早已各自為家，每年春節在父母所在聚會可能結束了。我認為，世界各族群大約如是，或有程度差別而已。

這首詩寫出一些人生的真相，一些生命的無奈。但萬事總是相對論述，父母都死了，人才完全得以解放，似乎也有些道理。古人說「父母在不遠遊」，父母不在了，已無後顧之憂，外太空也可以去了！

前面各期《牡丹園》也有一些小可愛，隨機選讀幾首。偶然發現吳開晉也長於小短詩，在總第四十七期有他的專版十二首小詩。賞讀〈壺口瀑布〉。（註八）

帶來一把壺
在我心中
裝進你奔騰的萬馬
夜夜伴我入夢

好大的口氣，小小四行詩體現詩人的心胸，想必神州大地山河盡在詩人一心，且夜夜伴君入夢。氣氛不溫不火，但深摯的感情，愛國愛鄉土之情意，直比艾青〈我愛這土地〉詩「為什麼我的眼裡常含淚水？／因為我對這土地愛得深沉……」。（註九）吳開晉在這期的多首詩，都顯露出「對這土地愛得深沉」，如〈黃河〉。（註十）

黃色的奶汁
養育了中華
是誰叫你斷奶
坐在沙灘上垂淚

黃河創造了中國文化文明，是中國人的母親河，人皆吃母親的奶長大，嬰兒在斷奶會哭鬧。這首詩用這種現象做比喻，是否暗示中國人不能沒有中華文化？斷了中華文化只好坐在沙灘上垂淚，這也是警示！賞讀總第四十八期《牡丹園》一首聖野〈路〉。（註十一）

我們願做鋪路人

鋪開一條條大道
讓你快活地行走

讓人人
能有路可走

做一個「鋪路人」，知易行難的事，大部分人是等別人鋪路種樹，坐享其成，自古以來皆如是，人性有善有惡，紛爭不息。但聖人、賢人、仁者、詩人，都從陽光面思考，期許大家能做鋪路人，人人有好路可走，前人種樹後人乘涼也！賞讀何軍雄一首奇怪的〈想像〉。（註十二）

出差的列車上
同坐著一位美女
沒有一句言語的對白
閉著雙眼在想

讓列車掉入懸崖
和美女一起墜落

寧可和美女一起死（不一定死，可能有機會英雄救美人），也不要獨活，還拉一列車人陪葬。我想，這就是美女的力量，難怪歷史上為美女發動的戰爭（如木馬屠城記）數不清。幸好只是想像，不會發生真實狀況，如「白髮三千丈」，也是想像。

但詩人要表達什麼？兩性之間有一種「致命的吸引力」，這種致命的吸引力通常在女人身上，當然有這種魅力的女人，必有「超凡」的美麗氣質。如那首國語老歌〈午夜香吻〉，「我卻為了愛情人，生命也可以犧牲。」這首詩中的美女定然不凡，有致命吸引力。賞閱蔡同偉〈你的眼睛〉。（註十三）

你的眼睛
是兩汪明澈的秋水
閃閃爍爍的波紋
蕩漾著柔情蜜意

我投去深情的愛慕
心 於不知不覺中
被融化了
於是 我的每一個日子
化作一條小魚
暢游在你的秋水裡

一首很成功的示愛情詩，若寄給所愛的女人，必有強大的引力，引她與你修成正果。有人說，一個男人如果一輩子沒有得到所愛女人的真情全心，不論有多大財富事業，都不算人生的自我實現。以筆者的經驗檢視，確實是如此。蔡同偉另一首〈河邊〉也很高明又有趣。（註十四）

桃花在河邊洗衣裳
啥事使她喜又慌
哦，是心上人荷鋤橋上走

腳步聲響在她心房
偷抬頭，把他瞅
目光與目光相碰撞
羞得她忙低下頭
哎喲喲
棒槌打在手指上……

鄉村姑娘和心上人的情意交流，寫得意象鮮活而有趣。最後兩行效果全出，「哎喲喲／棒槌打在手指上……」，可見姑娘在目光交接的當下，一顆心全掛在情郎上，無心洗衣裳。蔡同偉在這期三首都是情詩，在捕捉兩性示愛的方式有所不同，卻都捕住了愛的火花。

說到情詩，不得不提到民國以來有「情詩聖手」美名的徐志摩，他的情詩流傳很廣，兩岸書店都可以找到。他對愛情有一段很極端的說法：（註十五）

戀愛是生命的中心與精華；戀愛的成功是生命的成功，戀愛的失敗，是生命的失敗，這是不容疑義的。

這是他在《愛眉小札》說過的，相信很多人是不能認同的。尤其現代社會流行不戀、不婚、不生，大家都知道現在的大學生不會談戀愛。如是，現代人都是一群失敗者嗎？很值得深思！

這章賞讀了各家詩人的小短詩，每一首都是小可愛，又有豐富的內涵。小詩、短詩、微型詩，在詩壇上沒有統一的行數限定，大家自由心證就好，文學就是要多元創造、創造多元！

註釋

註一 洛夫，《漂木》（台北：聯合文學出版社有限公司，二〇〇四年十二月十日）。

註二 陳福成，《囚徒》（台北：文史哲出版社，二〇一五年七月）。

註三 路志寬，〈鐮刀〉，《牡丹園》（河南洛陽，二〇一七年五月），第二版。

註四 路志寬，〈犁〉，同註三。

註五 海青青，〈有一天〉，同註三。

註 六　海青青，〈能量〉，同註三。

註 七　海青青，〈消失了的鄉愁〉，同註三。

註 八　吳開晉，〈壺口瀑布〉，《牡丹園》（河南洛陽，二〇一五年十一月），第一版。

註 九　艾青，〈我愛這土地〉，高準編，《中國大陸新詩評析》（台北：文史哲出版社，民國七十七年九月），頁二二三。

註 十　吳開晉，〈黃河〉，同註八。

註十一　聖野，〈路〉，《牡丹園》（河南洛陽，二〇一六年二月），第一版。

註十二　何軍雄，〈想像〉，《牡丹園》（河南洛陽，二〇一六年四月），第二版。

註十三　蔡同偉，〈你的眼睛〉，《牡丹園》（河南洛陽，二〇一七年二月），第二、三版。

註十四　蔡同偉，〈河邊〉，同註十三，第三版。

註十五　金尚浩，《中國早期三大新詩人研究》（台北：文史哲出版社，民國八十九年七月），見第三章第四節，第三項「愛情的耽溺與思索」。

第七章 大胡紅號上幾首長詩

《牡丹園》詩刊限於篇幅不刊長詩（五六十行以上），能有二、三十餘行數，在這小小的詩壇世界裡，已可算航空母艦級作品。這章改換一些口味，賞讀本期的幾首長詩。

大胡紅號，是《牡丹園》詩刊總第五十四期專號，二〇一七年八月出刊了。發表作品的詩人有：木斧（四川）、張禮（雲南）、何軍雄（甘肅）、李漢權（廣西、壯族）、顧艷君（河北）、李克利（山東）、海青青（河南）。另有李臨雅（四川）〈關於《再論木斧這本書〉，海青青〈春天的畫者——海青青給雲南詩人聶難的一封信〉，兩篇不算長的短文。先賞讀張禮〈季節的病狀〉。（註一）

這個季節，陰影在蟄伏
時間在眩暈，那一片一片

泥土一樣堆積的傷疤
在這個多雨季節
有了不同尋常的症狀
其實你知道，醜無處不在
美只是一時的幻覺

一個人，在大地上
只是一粒塵埃
在大地上生，在大地上走向死亡
覺醒只是一時
困惑會牽掛一生
吶喊，這個詞語深處的呼嘯
靈魂暗處的低吟
是否會在今天得到綻放
心裡的傷痕

會不會在明天警醒
其實活人與死人的較量
不是烏鴉，一隻烏能說了算的
那些一直跟隨你的傷口
壘在城垛的暗碉，總在這個季節
在深夜裡咯咯作怪

這首詩寫得感傷，更有存在主義的味道。「**一個人，在大地上／只是一粒塵埃／在大地上生，在大地上走向死亡／覺醒只是一時／困惑會牽掛一生……**」。筆者從深廣處看，詩人寫出了宇宙、人生的真相。

試問，宇宙間有什麼是永恆不死的？動物數十年到百年，植物如巨木有可數千年，地球還有四十億年，太陽約不到百億……宇宙萬物最終都死亡，差別只有時間長短。實際上，一切眾生與非眾生，誕生後就開始邁向死亡，大家的存在時間長短不一，但皆如《金剛經》所言，「一切有為法，如夢幻泡影，如露亦如電，應作如是觀。」只是人活在當下，有傷口跟著，有傷疤堆積，你有深刻的感受，讓你很不快樂。「季節的病狀」，實況是現代社會全面的病症。世界上多個著名機構（如瑞士洛桑學院），每年調查各國人民的「痛苦指數」，通常越富有越現代化的國家或地區，人民活的越痛苦，如美、英、法、德、日本等，痛苦指數都很高，代表人民活得不快樂；反而開發低的小國，如不丹、尼泊爾等，人民最快樂。

若將問題追到終極，人類向民主政治與資本主義社會前進，就註定是不快樂、不安全，人人自危的社會。我們只要看看那些搞民主、人權的地方，都成了「火藥庫」，就完全清楚明白了。國家撕裂了！家庭撕裂了！親人撕裂了！社會撕裂了！族群對立了！人會快樂嗎？台灣地區是個活生生的例子，唐湘龍批判台獨使台灣走入「畜生道」。賞讀李克利〈中年書〉一詩。（註二）

每晚十點入眠，早晨五點半起床
必須養精蓄銳，應對第二天的勞碌
牢牢記住祖輩的教誨：
低頭走路，夾著尾巴做人

我喜歡步行上下班，行走的過程
也是一首首詩打腹稿的過程

晚飯後，有時和妻子散步
有時陪父親遛狗或喝茶
父親翻來覆去地嘮叨，我是耐心的聽眾
更多的時候是讀書，精神食糧餵養靈魂
城市吞噬著鄉村，天空由遼闊變得狹窄
燈光逼退了星光，卻不能讓時光倒轉

手機換七八塊了，很多號碼仍然保留著
保留著友誼和曾經的記憶
有的朋友已經離開了，號碼還在
我不怕他半夜打過來，甚至還有些期待
玩手機的人越來越多，像抽大煙一樣上癮

通訊再發達，我也聽不到母親的聲音了

不管是傳統的還是西方的情人節
到了這個年齡，我肯定不會送花
我會送她喜歡的食品和衣服
甜言蜜語可能會和玫瑰一起枯萎
而流水不會，她滋潤生命
泥土也不會，她生長萬物，還埋葬萬物

秋雨像熱戀中的男女一樣纏綿
冬天的大雪，掩蓋了大地的創傷
還有春風刮起的沙塵，經常迷我的眼睛
街頭擦鞋的大多是南方口音
擦拭著匆匆行色和僕僕風塵
螞蟻在風中迷失，小草在風中低頭

步入中年，步入了疾病的多發期
先是牙疼，吃藥，含大蒜，含薑片
朋友的關心，親人的體貼入微
溫暖徹底擊退了疼痛
後來去買彩票，發財夢一直在做
摔傷了右腳的骨頭
看到X光膠片上的那道裂縫
這才醒悟：我必須補鈣了

〈中年書〉有如一個人到了中年，不像青壯時代那麼衝鋒陷陣，開始疏懶了，就不管結構。隨心所之，看清了人生的現實面和真相，就隨緣吧！鬆散一點，日子一樣過，有什麼不好！

第一段是人到中年的省悟，反省過去的幾年經驗，應該要「學乖了」，父祖的教誨還是對的，以往都把父祖說的真理當耳邊風，真是不智。第二段中年省悟後的新生活型態，知道要陪伴父親家人，要靜下來讀書，了知客觀世界的真相和真理，「**城市吞噬著鄉村，天空由遼闊變得狹窄／燈光逼退了星光，卻不能讓時光倒轉**」。這些道理，很多人到「不惑」之年，依然是惑，弄不懂，詩人懂了，詩人是有反思力的人。

第三段看到生死了！往昔以為年輕，來日方長，可以任意揮霍光陰，哪裡知道人生無常？人到中年，開始看到有些親戚朋友成為「先行者」，開始有些感慨。第四段是務實的中年，給老婆的情人節禮物，改送實用品，不送浪漫的花，花很快枯萎，流水和泥土才是實用而恆久的。

第五段環境在不斷變化，四季如常，社會上每個人依然行色匆匆，不會因某一個人的生死而有所變化。每個社會天天都有很多人死掉，也有很多人出生，大家都在覓食，這就是人間道的實相。最後是「中年危機」的呈現，確實一個「零件」用了幾十年了，有的要修，有的要換。不能修換的，用到壞為止，全部零件都壞死了，就移民吧——目標西方極樂世界。

海青青在這期《牡丹園》有兩首長詩，〈摩蘇爾努里清真寺的宣禮塔〉和〈敍利亞父親莫森〉。（註三）都是戰爭詩，詩人以「無緣大慈、同體大悲」的情懷，詩述戰火給人帶來的苦難。賞讀〈敍利亞父親莫森〉一詩。

莫森，可憐的敍利亞爸爸！
我多想扶你一把！
雖然你半百年齡、花白頭髮
但為了一家人能夠繼續活下
你懷抱被苦難吸去營養的孩子
肩扛被戰爭摧毀破碎的家
逃離哀鴻四野的祖國
躲過愛琴海險風惡浪的剿殺
浮萍一樣浪跡天涯

國破家自然就亡了
但生的慾望是你絕不甘心呀
飄搖家有妻子絕望中的牽掛
兒女們恐懼下的淚花

還有你對家的那份強烈的責任——
那是彌漫在死亡中閃爍的一星火花
是誰剝奪了你們生的權利？
是誰篡改了你們和諧生活的密碼？
是誰盜走了孩子們玩具箱裡的童話？
沿著難民潮波浪一樣起伏的拋物線
原以為來到了新大陸
一切將會呈現嶄新的七彩圖畫
誰都不會想到
卻被冷漠，這個比戰爭更可怕的魔鬼
竟向你伸出了敵意的腿
將逃命中的奔跑的你重重地絆倒摔下……
那一刻，摔出去的不止是你
是普天下的父親和他們心中僅存的希望呀！

你無助的淚水流到了我的臉頰
你小兒子驚嚇的哭聲撕裂了我的心肺呀！
縱然你在歐洲，我在東亞
但在你被冷漠絆倒的一剎那
莫森爸爸，你知道嗎？
我多想，多想扶你一把！
我扶起的是被戰爭蹂躪了的遍體鱗傷的正義！
我扶起的是被一撮人遺棄了的包容、善良與博大！
我扶起的是人，生的權利，活的尊嚴，道德的尺碼！

這首詩的背景（靈感），在詩題下詩人有一說明。北京時間二〇一五年九月八日，一位年過半百頭髮花白的敘利亞父親莫森，在抱著幼子跨越匈牙利邊境時，被匈牙利NITV電視台的攝影女記者拉斯洛絆倒在地……

對於陌生事務的感同身受，是詩人重要特質，這首詩的核心價值也在此，遠在幾千公里外的一個事件，主角是莫森爸爸，他（和他家人）的苦難，詩人海青青感受到了。

佛法上所言「無緣大慈、同體大悲」的境界，我在這詩意詩境都感受到了，「**你無助的淚水流到了我的臉頰／你小兒子驚嚇的哭聲撕裂了我的心肺呀！……**」

「無緣」即永無交集的不相干眾生，對這樣的眾生能從生出「大慈悲心」，如與那位眾生（莫森）是同體的人，感受到相同程度的苦難悲情。詩人為何能有這種悲天憫人的情懷？詩人最後把動機（精神）提昇了境界，他要扶起人間的正義、包容和善良，「**我扶起的是人，生的權利，活的尊嚴，道德的尺碼！**」。這是人類各種倫常情操中，最珍貴的情操，在詩中體現出來了！

海青青在本期的兩首詩，背景都是伊拉克、伊斯蘭國和敍利亞，這是廿一世紀開始以來，地球上的「三大災難」，因這三大災難而死的人，至少數百萬人，傷者更不計其數。人類已走到二十一世紀了，也有聯合國組織，為何仍有這些災難？源頭何在？

有點國際關係和大戰略高度的人，都知道源頭就是「資本主義帝國美國」（美帝），以伊拉克有「致命武器」為由，出兵侵略並打垮伊拉克，其目的是控制石油和美元計價，才能維持美帝霸權。之後的伊斯蘭國、敍利亞內戰，也都是美國人製造出來的，種種禍源又導致一千萬的歐洲難民！

總結二戰後這些災難，說穿了，就是資本主義帝國美國以推行民主為由，要掌控地球全部資源，維持美帝霸權。二戰後由美國發動的戰爭，都是不義之戰、侵略之戰，完全的邪惡之戰。包含越戰，美國自己派兵製造一個事端，說是越共幹的，媒體配合宣傳，人民開始沸騰……

筆者曾著書立說，警示西方民主政治、資本主義和媒體的「三合一制度」，將加速「地球第六次大滅絕」，若不急思改良，必導致天大的災難。不信者，可以慢慢觀察，看下去吧！

註　釋

註一　張禮，〈季節的病狀〉，《牡丹園》（河南洛陽，二〇一七年八月），第一版。

註二　李克利，〈中年書〉，同註一，第二版。

註三　海青青，〈摩蘇爾努里清真寺的宣禮塔〉、〈敍利亞父親莫森〉，同註一，第二、三版。

第八章　今天詩人怎樣活命

——木斧、杜谷及其他

《牡丹園》詩刊總第五十六期（百園奇觀號），於二〇一八年二月出刊了。發表作品的詩人有：木斧（四川）、張禮（雲南）、路志寬（河北）、王文福（河南）、湯雲明（雲南）、高堅（內蒙古、蒙古族）、胡巨勇（湖北）、海青青（河南、回族）。另西川（北京）有一篇散文〈今天詩人怎樣活命〉。

北京詩人西川在〈今天詩人怎樣活命〉，這個問題在台灣也討論過，相信《牡丹園》所有詩人也有些看法。但筆者清楚明白，在我的認知（歷史經驗所得），這始終不是一個問題。在我國歷史上，從第一個詩人屈原，到李白、杜甫……徐志摩……艾青、聞一多、流沙河、北島……余光中、洛夫等詩人，詩人從來都不是一種「職業」，因為詩不是用來養家活命的。三百六十行，沒有一行叫「詩人」，所以詩人都另有工作以維持生計。就算沒有工作，也有可以生活的經濟基礎。

但三百六十行中，有一行叫「作家」，作家和詩人不一樣，作家光靠創作（不是詩，小說、戲劇、散文等）可以賺錢維持生計，養家活命，因為作家是一種「職業」。若是大牌、網紅作家，更可以成為大富翁。

所以身為詩人就得「安貧樂道」，當然如西川所說，詩人可以靠其他方法賺錢，如搞房地產、做生意等，這是個人的謀生之道。只是詩人絕大多數不善於經營事業，這是歷史經驗可以證明，詩人性格也不適合從政，詩人只適合創作詩，有一口飯吃平安度日，定有好詩誕生。搞事業、賺大錢、地位高了，就不可能寫得出「詩」，也不是詩人了！台灣有個詩人路寒袖，本是不錯的詩人，為投靠台獨，把蔣中正銅像大割大八塊，詩人成為政客。

看這期《牡丹園》，海青青似乎也碰到〈今天詩人怎樣活命〉的問題，他關了書店，到某公司上班，詩刊好像暫停。但不捨，又辭職不上班，把耽誤的詩刊補出刊，我相信他碰到「生計」問題。我有兩次建議他，公開接受大家的讚助款，每期刊出匯款帳號、戶名等資料。相信這會有幫助，詩刊才能長久維持。賞讀這期幾首詩，王文福的〈廢墟〉。（註一）

密密麻麻的樓
細細高高的樓
被都市包圍的村莊
像沒有間苗的
高粱地

這裡一片沉寂
風也沒搜索出
一絲嘆息
房東們呢
租客們呢
笑聲歌聲麻將聲
哭聲罵聲吵架聲
都去了哪裡

村庄在等待
自己的葬禮

那麼多廢磚頭
那麼多廢鋼筋
那麼多廢水泥
那麼多樓房的屍體
還有那麼多的留戀
那麼多的故事
需要多麼大的墓地

村莊即將倒下
它會站在
誰的心裡

看似地區性問題，實際上也是全球性問題。一者是「住者應有其屋」問題，不久前新聞報導，全球有很多個億人口沒房可住，又全球也有幾千萬棟房子在「養蚊子」，成了「鬼屋」或「鬼社區」。包含台灣也很嚴重，政客拼命「開支票」，連沒人的地方，也蓋機場、建大樓、這個館、那個館……都成了蚊子館。

其次是都市化問題。全球各大都會，不論哪一國，一個都市人口往往幾千萬，鄉村人口不斷湧向都市，幾乎所有的犯罪（毒品、走私、槍械、人口販賣……），全在大都會裡。加上地球暖化、各種污染，很多都市已經「不適人住」，但問題很難解決，各國政府都頭痛。

詩人因為真性情特質，詩往往反應社會問題，如杜甫「朱門酒肉臭，路有凍死骨」。就詩論詩，意涵也很豐富，意象鮮明且叫人驚恐，「**村庄在等待／自己的葬禮……那麼多的故事／需要多麼大的墓地**」。最後，地球上的村莊都沒了，人類將變成什麼？很多存疑……賞讀木斧〈悠遠的笛聲——懷念杜谷〉。（註二）

那斷裂過又復蘇過的葦笛聲響了
你悠悠緩緩地來了又去了

你一路上無憂無慮的笑容
收藏了你那悠悠緩緩曲折的一生

你擁抱過迎接春天的拱門的歡樂
你遭受過肝腸裂斷的痛苦的折磨

你把歡樂和憂傷擰成一根繩
那便是你和我相處七十年的象徵

休提起當年我們一起編輯過黨的小報
休提起暴風雨中我們遭遇同樣的傷痕

一切都要向前看，笑眯眯地向前看
讓我也吹奏一曲葦笛送你遠行

木斧和杜谷，在現當代中國詩壇上是有革命感情的兩個著名詩人，杜谷何時過世？我手上沒有可靠資料。木斧懷念相處了七十年的老友杜谷，不先談談杜谷，不易深入感受這詩是多麼的刻骨銘心！

杜谷，江蘇南京人，一九二〇年生。一九三七年到成都開始發表作品，曾在《七月》、《詩墾地》等刊物發表詩作。一九四二年輯成《泥土的夢》，列入《七月詩叢》，惜因時局動亂迄未出版，後考入四川大學。

一九四九年後，曾主編《西南青年》，一九五四年到北京參加編輯《旅行家》雜誌。一九五五年「胡風案」受到牽遲，一九六一年下放到西安，在中學教書，一九七九年復出，任四川人民出版社編輯。

杜谷的詩質高量極少。一九八一年出版由綠原、牛漢合編的《白色花》選集中，共收錄六首，〈泥土的夢〉和〈我的葦笛〉是他的代表作。（註三）木斧在這首懷念杜谷的詩，第一行斷裂又復蘇的「葦笛」聲響了，末行我也吹奏一曲「葦笛」送你遠行，就是在回應杜谷〈我的葦笛〉一詩，因為這首詩是經歷二十年風暴後復出而寫的。但所有風暴都過去了，木斧期許「**一切都要向前看，笑咪咪地向前看**」，只留住兩人相處七十年的珍貴情誼，在未來中國詩史上必是一段美談！

「人」這物種是善類或惡類，思想家爭論幾千年，都沒有一致的共識或定論。從實況看，有史以來聖人賢人很多，邪惡壞蛋可能更多。惟「萬法唯心」，是人是妖是魔都存乎一心，汝心乾乾淨淨便是人，不乾不淨，便遲早淪入妖魔。張禮的〈污泥可以是乾淨的〉，給我們強大的警示。（註四）

污泥是乾淨的
池塘的每一朵荷花
都可以作證。街道是乾淨的
每一個清潔工，都可以作證
眼睛是乾淨的
你淌下的淚水也可以作證
只是有時，風沙會把眼睛弄髒了
天空是乾淨的
飛翔在天空的鳥兒

可以作證。一個人的靈魂
乾不乾淨，你此刻的內心
也可以作證

「也可以作證」，問題是「敢不敢作證？」證明自己靈魂是乾淨的，也就是自己的內心是乾乾淨淨的。我想，現在地球上約有七十二億人口，可能沒有一個人願意（或敢）說自己是完全乾淨的。因為這涉及人一生從生到死前，所有「身、口、意」都必須乾乾淨淨，從未有過一絲絲「壞念頭」。人只要活著，就可能犯錯，只有一種人再也不犯錯，連半絲壞念也沒有，那就是死人！

要做到完全乾淨很難，比登天都難，但詩人為何仍要如此說法，這是鞭策、警示，告訴你「舜何人也，余何人也，有為者亦若是。」所謂「放下屠刀，立地成佛」，當下你就是一個乾乾淨淨的人，不是嗎？

整首詩充滿著詩語言，意象意境鮮美，污泥和荷花相對論證，清潔工和街道，眼睛和淚水，飛鳥和天空，都是奇美的對比和對話。詩雖短，意義很深又綿長，很引人反思，真是一首好詩。高堅的〈墮落〉，是誰墮落？（註五）

沒有人在花園種花
隱身於一幅人物畫裡
愛隱隱約約
一隻夜鶯在婉轉的歌唱
一扇窗開啟了
一座門不再落鎖
理順了糾纏在一起的線
不用點燈
一個穿過針眼的慾望
縫補了寂寞的夜

意象在隱約中，情節較為含蓄，不難讀出一些暗示。說夜鶯唱歌即非夜鶯唱歌，是愛人在呼喚，「**一扇窗開啓了／一座門不再落鎖**」，進來吧！不用點燈，慾望讓寂寞的夜燃燒起來。說墮落即非墮落，西廂記的情節，只是兩性間正常的愛慾，不是嗎？賞讀

胡巨勇的〈春雨貼〉一詩。（註六）

與東風互動。潛伏的預言
瀲灩成詞。似一劑中藥
救贖迷茫的萬里山河

問診山寒水瘦
春光的藥引子，點亮
內心蓬勃的光芒
把脈草木的讀心術
桃李醞釀芬芳，楊柳不住點頭
針灸的紋身
灸熱了歲月綠色的骨骼

以繩結。春意

駐足於紫燕剪輯的水墨畫裡
農事的走向在紙上發芽
此刻人間，鹹淡一爐
炊煙安放的是正版鄉愁
復活的鳥語，讀出的文字
都是一闕新詞

二十四節氣，立春之後是雨水，開始春雨綿綿（但現在地球暖化，春雨時有時無，變得很古怪！）無論如何！各地區（台灣區或詩人所在的湖北，雨水應該是多少有一些，意思意思下一點，否則萬物如何「活命」？水乃萬物之泉源！

把中醫名詞用在人以外的自然物，彰顯詩人創作方法上的物化技巧。如「問診」山寒水瘦，春光的「藥引子」，「把脈」草木，「針灸」的紋身，這種詩句讓人耳目一新，頗有創新的感覺。

有了春雨，才有了鳥語花香，才有桃李芬芳，萬物得到滋養，大地才能長出米糧，眾生才得以活命。若無春雨，恐怕夏雨、秋水、冬雪都沒了，這是「地球第六次大滅絕」

到了嗎？幸好春雨仍在，它「**救贖迷茫的萬里山河**」，春雨，功德無量啊！

今天詩人怎樣活命？自古以來詩註定難以「商品化」，也就賣不出銀子，所以詩人以其他工作維持活命，古來皆如是。當然，艱困一定有，但就像電影《侏羅紀公園》最後的道白，「生物一定會找到出口」。詩人也是，海青青、杜谷、木斧和眾多詩人們，也必定可以找到出口。極少找不到出口的，如杜甫，千古之殤啊！

註　釋

註一　王文福，〈廢墟〉，《牡丹園》（河南洛陽，二〇一八年二月），第一、二版。

註二　木斧，〈悠遠的笛聲——懷念杜谷〉，同註一，第一版。正當我在校對本書之際，詩人台客告知，木斧已在本月（三月）十五日逝世，他一九三一年生，享年九十歲。詠懷木斧，願他一路好走，他是我老鄉，四川成都人。

註三　杜谷，〈泥土的夢〉、〈我的葦笛〉，高準編，《中國大陸新詩評析》（台北：文史哲出版社，民國七十七年九月），頁二九四—二九八。

註四　張禮，〈污泥可以是乾淨的〉，同註一，第一版。

註五　高堅，〈墮落〉，同註一，第三版。

註六　胡巨勇，〈春雨貼〉，同註一，第三版。

第九章 總第五十七期的浪漫主義

詩歌創作在方法論上，向來有浪漫主義和寫實（現實）主義兩大途徑。即王國維的「寫境」與「造境」之說，他說：「有造境，有寫境，此理想與寫實二派之所由分。然二者頗難分別。因大詩人所造之境，必合乎自然，所寫之境，亦必鄰於理想故也。」（註一）但這兩派也有鮮明的差別。

「造境」側重於理想，其特質是詩人主觀意識之虛構，這是浪漫主義情懷。「寫境」側重寫實，真實反映現實情境，這是現實主義情懷。在詩壇上，很多詩人「自我歸類」於這兩個派別中。

在創作過程中，浪漫主義者的造境「虛構」，也不是虛妄荒誕之夢囈，仍須合於自然，符合真實生活脈動；而現實主義者的寫境「現實」，也不是生活的流水記錄，而是合於詩人的主觀理想反映現狀。二者如何把握到自然，就看詩人的功夫了！

到底何謂浪漫？怎樣才叫浪漫主義？藝術家、作家、革命家等，都有人稱浪漫主義者。這章有些詩感覺就是浪漫，選讀幾首筆者覺得浪漫的詩。

《牡丹園》總第五十七期，牡丹文化節號（第三十六屆），二〇一八年五月出刊了。發表作品的詩人有：北城（內蒙古）、何軍雄（甘肅）、姜利曉（河北）、卓尚棟（廣東）、王為璋（湖北）、仲彥（湖南、土家族）、月滿西樓（安徽）、吳曉波（江蘇）、張禮（雲南）、海青青（河南、回族），另路志寬（河北），有〈春天樂章〉（組章、散文詩）。賞讀北城的〈在路上〉一詩。（註二）

大漠裡，夕陽下
一頁剪影，瘦成半棵沙柳

仰望黃昏
走錯的半生，被一個期待
的眼神扶正
把堆積多年的往事，重新

晾曬
月光下，曬乾濕透的命運
舉一盞燈
照亮逶迤的山路
抵達消失已久的村莊

這首詩浪漫嗎？有人說詩不是給人解讀的，是給人感覺的，給人欣賞的，所以不一定要讀得懂。但筆者覺得，能從詩意捕捉到詩人創作這首詩的情境和心志，這樣讀者和作者有可能達成「以心傳心」的交流境界，比讀懂詞句更重要。

相同景物，不同人物心情，感受完全不一樣。同是大漠風光，王昭君所見盡是「剩水殘山、殘山剩水」，空惆悵，恨正長。北城的詩也有幾分這樣的悲情，「**走錯的半生，被一個期待／的眼神扶正／把堆積多年的往事……抵達消失已久的村莊**」。離鄉背景幾十年了，都沒有回家過，也許就是半生過錯，總算要回到故鄉，近鄉情怯，感慨萬千啊！賞讀姜利曉的〈林間〉。（註三）

高大的樹木
將清脆的鳥鳴，一再高舉

這些相親相愛的枝枝葉葉
親密地擁抱著，托舉出
春天無限地綠意

還有一些低處的夢想
在悄悄發芽，生根

就像我，即使是一棵小草
也要把自己捂綠

我讀佛陀《十大弟子傳》（星雲大師著），始知佛陀駐世時，常鼓勵弟子們多在林間沈思、散步，可以清淨心靈，聽到平時聽不到的聲音，悟得平時悟不出的真理。正好筆者也喜愛獨自一人林間散步，甚有妙用！

詩人姜利曉在林間散步，把自己化成與林間同體，化成林間花草樹木的一份子，因而能感受到林間枝葉綠意的暖心，知道芽根也有夢想。這是天人合一、物我合一的境界，這能說是詩人的浪漫嗎？

「高大的樹木／將清脆的鳥鳴，一再高舉」。詩創作技巧上用了「移覺」，使聽覺和觸覺相通。鳥鳴是聽覺，樹木高舉是觸覺，可使聲音更具體化，好像可以摸到聲音。這樣構句台灣著名詩人洛夫也有：（註四）

下山
仍不見雨
三粒苦松子
沿著路標一直滾到我的腳前
伸手抓起
竟是一把鳥聲

洛夫，《魔歌》。〈隨雨聲入山而不見雨〉

「**就像我，即使是一棵小草／也要把自己捂綠**」。用小草比喻自己，顯示詩人的謙卑，這正是眾生平等的精神。就算小草也要活出綠意，活出朝氣健康，創造生命的價值，才不負此生。賞讀一首浪漫的情詩，仲彥的〈紅燈籠〉。（註五）

感情出去很久了
還沒找到那粒燈火
點亮的思念

稻草

豐收的時候
那一片田野
躺在星空下面
讓我安放脆弱的心肝
夜已深，燈已盡

唯獨我的歌聲
跪在想你的源頭

除了一聲又一聲
低低喚你
這豐收的秋天
沒有什麼
讓我感動

心的跳動
有一瓣
給了你
做相思的紅燈籠
照耀你回家
最近的那條小路

「相思」一詞通常用在兩性愛情領域，這是一首浪漫的情詩，久等心愛的人是苦相思。失戀過的人才知道這種苦味，感情「出去」很久了，人在家裡，心全掛在遠方愛人身上，好像整個人都不在家。如此用情「**還沒找到那粒燈火／點亮的思念**」，那「粒」小小的愛之火花燒不起來，苦啊！

相思的一方（也許就是詩人自己），在故鄉等愛人回來，相思苦，苦相思，單相思最苦。「**除了一聲又一聲／低低喚你／這豐收的秋天／沒有什麼／讓我感動**」。豐收本來就是族中盛事，通常會有慶祝盛典。但沒有愛人一起分享，一切都變得索然無味，只好做做相思紅燈籠，打發時間吧！為什麼寫情詩的都是男性詩人，女詩人極少寫情詩。吳曉波的〈想你〉也浪漫。（註六）

想你
花就開了
樹上掛滿繽紛的笑
脈脈含情

想你
就下雪了
柔弱無骨的樣子
潔白無暇

想你
就起風了
一襲長裙迎風起舞
冷若仙子

想你
你就來了
滿世界都是影子
輕柔無聲

愛情有強大的神奇力量，能產生一種「魔法」，改變山河大地的環境，改變生命的價值，能使花開，也能使花不開，在這詩中都顯現了。真是相隨心轉，心隨愛轉，萬法唯愛，這是愛情的力量。

這首詩是想念愛人的四種情境，四種心情，詩意也很豐富。「**想你／花就開了／樹上掛滿繽紛的笑／脈脈含情……想你／你就來了／滿世界都是影子／輕柔無聲**」。你想一個人，心中有她，她就是在，就全部是影子，也是在，她就在你心中。你不愛她，就算天天躺在同一張床上，她也是不在的不在你心上。不自擬新在上。這是愛情的奇妙。賞讀月滿西樓的〈躲〉。（註七）

不要和我說話
我的聲音上了鎖
不要探聽我的秘密
我和沉默的石頭達成默契

我只想躲起來
躲起姓名，躲起身分，躲起影子
躲到一處只容下一個人的地方
自我療傷，自我消化，自我磨練
直至我能真正勇敢地面對自己

那時，風一吹
草就綠了，花就開了
鳥兒張開小嘴開始唱了

筆名取叫「月滿西樓」，（是一首國語歌名，瓊瑤作詞，劉家昌作曲）應該是個浪漫主義詩人。為何要「躲」起來？想必一定是碰到某種極大困境，或因工作、事業走到谷底，受到很大傷害，才要躲起來，自我療傷。幸好，詩人已經看到自己的未來，那時他已能面對自己，**「那時，風一吹／草就綠了，花就開了／鳥兒張開小嘴開始唱了」**。

浪漫的人寫浪漫的詩，對宇宙、人生、世局的看法，也較為浪漫，這種性格的人，曾活得比較快樂健康。而寫實（現實）主義的人，感受太多人世間的災難和黑暗面，也就活得不快樂，自然影響到身心健康。例如，在中國文學史裡，我們將李白歸類在浪漫主義派，杜甫歸類在寫實主義派，李白就天真而快樂，杜甫就始終心情沉重而不快樂。

賞讀王為璋的〈揚州慢，故鄉洪湖吟〉一詩。（註八）

山似螺黛
水如溫玉
天際一抹晚霞
野渡橫槳櫓
古樹栖昏鴉

恬靜夜
山村茅舍
老翁織網
老嫗紡紗

有誰識
秋風秋雨
山裡人家？
常憶兒時
採蒿蕨
登攀懸崖

曾荒山挖葛
手撥荊棘
腳踏泥沙

細擦血跡啼痕
為免卻
父母牽掛

至今仍惦念
故里小草野花

詩人因緣於真性情，故大多感性且浪漫，才會眷念故鄉。這首詩回憶兒時住過的山村，老樹昏鴉，天際晚霞，茅舍老者，兒時幹活，意境唯美而有幾分浪漫氣息。「**至今仍惦念／故里小草野花**」。故鄉的小草野花都惦念了，其他也就無所不惦念，暗示了詩人的性情特質。

說到底，何謂浪漫主義？這是西方自十七世紀後，文學上對古典主義的反動，有如政治上的革命，作家詩人不想受到古典規則的約束，要表現自己真性情的文學詩歌。總之浪漫主義者要求建立個人主義，要求感情的合法性。（註九）是故，浪漫主義詩人，有鮮明的自我風格，將「我」明顯的表現在作品中。

準此而言，我所讀過的現代詩，包含《牡丹國》詩人作品，有哪家不浪漫？作品都在寫「我」，表現詩人的真情真性，大陸詩人到台灣詩人，有哪個不浪漫的？就是因為浪漫，才執著於當詩人。

註　釋

註一　陳慶輝，《中國詩學》（台北：文史哲出版社，民國八十三年十二月），第四章，頁一四七。

註二　北城，〈在路上〉，《牡丹園》（河南洛陽，二〇一八年五月），第一版。

註三　姜利曉，〈林間〉，同註二。

註四　張春榮，《一把文學的梯子》（台北：爾雅出版社，民國八十四年十二月二十日），頁二三六。

註五　仲彥，〈紅燈籠〉，同註二，第二版。

註六　吳曉波，〈想你〉，同註五。

註七　月滿西樓，〈躲〉，同註五。

註八　王為璋，〈揚州慢，故鄉洪湖吟〉，同註二，第二版。

註九　胡品清，《西洋文學研究》（台北：台灣商務印書館股份有限公司，一九九四年元月），第八章

第十章 大棕紫號上的寫實主義

「寫實」和「現實」二詞，在文學理論專書上經常互用，好像說兩者定義一樣。所以「寫實主義」和「現實主義」也是通用，惟「現實」一詞在常民文化已有負面意涵，例如說這個人很「現實」，這是不好的評價，筆者傾向「寫實」主義較佳。

寫實主義詩歌並非「寫真」，就如照相或寫日記，把生活所見所感原樣照記下來，這便不是詩了，或只是一些流水記錄。

人是社會動物，人和一切外環境必有互動，這便是人的生活體驗，寫實主義就是要真實反應作者的生活體驗。包含作者所處的時代朝流、社會現狀、政治經濟活動等，對廣大人民群眾產生的影響，乃至民心民聲等，都是作者（詩人）心中牽掛之要務。這才是寫實主義詩歌的真價值，越能心懷國家、民族、人民、社會的作品，越能成為千古不朽的經典。

我們為何把杜甫歸類在寫實派，他的詩是吾國文學史上寫實主義之聖典。因為他的一生與大唐戰禍相始終，他目睹國破家亡、妻離子散、人民苦難，尤其戰爭給人民帶來的苦難，是他最感痛苦的事，都一一在他的作品呈現。讀他的〈兵車行〉片段。

車轔轔，馬蕭蕭，行人弓箭各在腰。爺娘妻子走相送，塵埃不見咸陽橋。牽衣頓足攔道哭，哭聲直上干雲霄……君不聞漢家山東二百州，千村萬落生荊杞……君不見，青海頭，古來白骨無人收。新鬼煩冤舊鬼哭，天陰雨濕聲啾啾。

這是多麼真實！多麼悲苦！我們的大詩人看到一切殘酷的現況，他反映人民苦難更加深刻，他的詩歌藝術使他昇華成中國「詩聖」，寫實主義詩人的最高代表。

當然寫實不一定都寫國家民族苦難，只要從生活中提煉真實情境，就會是寫實好作品。十九世紀法國大作家司坦達爾（Stendhal），有兩本名著，《紅與黑》（Le Rouge et le Noir），和《巴姆修道院》（La Chartreuse de parme）。兩本書都以洗鍊文筆刻劃書中每個角色，不耽於想像和詠嘆，冷靜的進行心理分析，剖析人物性格的真實面。因而成為寫實主義先驅，法國寫實主義代表作品。

寫實就是王國維說的「寫境」，特徵是真實的描寫客觀環境存在的一切，但絕非照搬生活，而是按照詩人真性情反映現實生活。才能謂之寫實（現實）主義，這樣的作品才能和杜甫詩一樣，感動每一代人心！

假設，可以用二分法區隔，《牡丹園》上的作品以寫實主義較多。包含海青青的詩作也是寫實較多。本章就從寫實的視角賞閱一些作品。

《牡丹園》總第五十八期（大棕紫號），於二〇一八年八月出刊了。發表作品的詩人有：張禮（雲南）、蔡同偉（山東）、仲彥（湖南、土家族）、路志寬（河北）、湯雲明（雲南）、唐德林（遼寧）、韓延曉（河南）、何建生（江西）、牙侯廣（廣西、壯族）、北城（內蒙古）、非馬（江蘇）、顧艷君（河北）、邙山詩客（河南）、聶難（雲南）。賞讀張禮的〈父親節〉。（註一）

父親不知道，還有個節日
是屬於自己的，我還沒回到家
就遠遠地看見了
父親佝僂忙碌的背影

父親節我進了家門，笑了
疲憊的父親說，今天父親節
爸給你做了好吃的
父親節好像不是父親的
父親只知道，節日永遠屬於我們

網路上流傳一則有趣的調查報告，可靠性如何！不得而知，但卻很寫實，想必「真數」很高。這是對世界各國身為父母的人，老來最想做什麼？很多國家的父母老來說要花光財產，有說環遊世界，有說住最好的養老院。只有中國的老年父母說要守著老家帶孫，把一切都無條件奉獻兒孫，可以子孫滿堂，代代傳承。

〈父親節〉這首詩的情境正是如此，中國人的父母都無條件為兒女奉獻，自己省吃儉用，財富土地都傳給兒女，就是「父親節」也屬於孩子們的節日。難怪我中華民族會興盛壯大，至今十四億二千三百萬人口（含台灣），如此繁殖下去，馬雲說的「全球中國化」，大概快了！賞讀路志寬的〈父親從鄉下來〉。（註二）

用手敲門的父親
把門鈴嚇了一跳
他們彼此誰都不認識誰

我推開屋門
一股鄉下的泥土味撲面而來
陌生中有幾分熟悉，親切中有幾分疏遠

我讓他進屋
他站在門口，像遲到了的小學生
不敢往裡邁進一步
他一個勁兒地說：
俺的鞋髒，俺的鞋髒

我硬拉他坐在沙發上
他還沒坐穩，就像做錯了事似的急忙解釋
你娘想孫女，腿疼來不了
非讓俺過來看看

看著坐在他腿上
被他抱得緊緊的女兒
眼前不禁浮現出三十幾年前的那副畫面
再看看父親頭上花白的頭髮
我已忍不住熱淚盈眶

超寫實主義作品，這是中國父親普遍形象的寫實，中國家庭文化的寫實，更是「中國式父子關係」的寫實。這應該是受傳統觀念「嚴父慈母」的影響。中國式的父子關係很嚴謹，幾乎很少有輕鬆對話，如詩人所述「**陌生中有幾分熟悉，親切中有幾分疏遠**」，父子之間只有心的交流，沒有言語交流。

筆者至今寫作約一百五十部，其中約有三十本是海峽兩岸詩人（男性較多）的回憶錄或詩歌研究。男詩人寫了很多回憶父親的詩，有的一輩子到父親死時，竟從來沒有過父子對話，有的也只是一句「吃飯了」。都是在父親死後才寫文章，追憶父親多好多偉大！

詩人這首父子互動的詩意表達，不算是很嚴謹的父子關係，心靈交流多於語言交流，也是典型的父子關係。幸好兒子有幾分幽默「**用手敲門的父親／把門鈴嚇了一跳／他們彼此誰都不認識誰**」。詩人將門鈴人格化了，多了一分輕鬆的詩意。賞閱韓延曉的〈鳥鳴〉。（註三）

小鳥兒是村莊最著名的歌星
我是它們最忠實的「粉絲」

天生一副好嗓子
只是隨便一張口，就是旋律悠揚

一聲鳥鳴，染綠了草葉
也染綠了心情，同時喚醒了花香
這古典的叫聲啊，和古典的炊煙
一起撩撥起古典的鄉愁

鳥鳴悠悠，熱淚兩行

以浪漫主義的技巧，進行鳥心情心理的寫實主義，鳥鳴是客觀環境的存在，綠葉花香也是客觀的四季規律變化。這些正合詩人的主觀理想，因而可以連結成為詩人生活的一部分，而能「合於自然」。

何謂「自然」？司空圖《詩品》說：「俯拾即是，不取諸鄰。俱道適往，著手成春。」鳥鳴之於詩人，是生活的一部分，詩人成為鳥的忠實粉絲，二者有交流共鳴，才引起詩人的鄉愁和熱淚。賞讀牙侯廣的〈和一隻狗說話〉。（註四）

很多時候，我更願意相信一隻狗
而不是最好的那個人
我更願意和一隻狗說
不愉快的事情
不體面的事情和不夠堅強的自己
狗會叫，會輕輕地舔著我
我回報以
撓撓她的額頭，雙手捧起它的臉
那雙手
再也不想捧著別的

聯合國或世界上知名的公正機構，經常在做各國人民的「快樂指數」，通常越是現代化高而富裕的國家，人民的快樂指數越低（即活得不快樂），所得越高（如美、日）人越不快樂；反之，現代化程度低，國民所得都是末段班（如尼泊爾、布丹），人民反而最快樂，相信這不是新聞，這是很多人知道而不反思問題根源的大問題。

大家都在追求民主，尤其西方民主政治。（筆者認為人類歷史最大的謊言、欺騙，正是民主政治）這種英美式的民主政治推行下去，結果就是人民不快樂、人人不安全，社會、族群分裂，人與人之間都不可信任。兄弟姊妹父子兒女等，在不同黨派立場，一家人俱分裂成仇人，這種在推行民主政治的地方，都是普遍現象。事實上，世界已有不少有良知的思想家，已不斷警示「民主政治體制」正在崩解中。

吾國於二〇〇五年十月十九日，由國務院首次公告〈中國式民主政治白皮書〉。（註五）這雖非西方民主政治，但改革開放程度高，已成現代富強之國，現代社會的文明病越來越普遍：孤獨寂寞、人人不安、人與人之間信任度崩解。因此，人只好和狗做朋友，在台北市逛街就知道，娃娃車裡都不是娃娃了，而是一隻狗寵物。所以，牙侯廣的詩，我能理解，也有共鳴，這是現代社會人生的寫實主義。賞讀非馬的〈緣分〉。（註六）

兄弟莫怪，我只能送你到此了
你常說：送君千里，終有一別
我想　是的　你我就別在此處吧
那邊　我實在是過不去了

認識你　只有短短的幾年時光
淺淺的記憶像一件瓷器
易碎　不堪一擊

塵世中多的是塵埃
你我不過是其中的
一粒或二粒

我守著這最後的緣分
像流出的淚水
再也回不到眼眶了……

一首詩語言豐富的詩，真性情產生感染力，很能引起共鳴，同灑熱淚，這份兄弟情很到位，兄弟可以含笑九泉了。「**兄弟莫怪，我只能送你到此了……那邊　我實在是過不去了……**」。詩人發揮幽默詩意，只能送你到「此」，此是陰陽分界線，死者回不來，生者過不去。能如此相送，暗示他們有深厚的友誼。

從這段友誼，詩人也體驗到人生的實相，生命的真相。「**塵世中多的是塵埃／你我不過是其中的／一粒或二粒**」。我想，詩人可能讀過一部佛經叫《金剛經》，經文說，三千大世界都是塵埃，「一切有為法，如夢幻泡影」。宇宙間的一切，都是因緣和合的假相，能有一段因緣，都是幾世修得的福報。

本章從寫實主義出發，詩人以真性情寫出對客觀一切的感受。是社會現象的寫實，是人生過程的寫實，是生命價值的寫實，國家民族的寫實。人生是真實的存在，你能不寫實嗎？

筆者覺得，所有詩人的作品都是自己人生的寫實，本質上詩人都在寫「我」。如這期《牡丹園》邙山詩客〈海青青的組詩〉，〈寫意盧舍那〉詩「**我是一／也是二／更是無窮無盡……**」。（註七）不也是詩人自己的寫實。現代社會個人主義盛行，人人都在「掙扎」存在感，寫實主義最能爭得自己真實存在的一席之地。

註釋

註一　張禮，〈父親節〉，《牡丹園》（河南洛陽，二〇一八年八月），第一版。

註二　路志寬，〈父親從鄉下來〉，同註一，第二版。

註三　韓延曉，〈鳥鳴〉，同註一，第三版。

註四　牙侯廣，〈和一隻狗說話〉，同註三。

註五　陳福成，《找尋理想國——中國式民主政治研究要綱》（台北：文史哲出版社，二〇一一年二月）。

註六　非馬，〈緣分〉，同註三。

註七　邙山詩客，〈寫意盧舍那〉，同註一，第四版。

第十一章　總第五十九期六家首播詩人

《牡丹園》詩刊總第五十九期（島大臣號），二〇一八年十一月出刊。打開先睹為快，在第三版海青青兄把筆者寄給他的詩集，《光陰考古學——失落圖像考古現代詩集》一書，（註一）大大介紹半個版面，指出書中第五輯〈中華民族大合照〉最讓他感動，眼前為之一亮。詩人寫出的作品，能給人感動，比賣出銀子更叫人安慰。

在這期《牡丹園》發表作品的詩人有：王國良（黑龍江）、張禮（雲南）、雪里梅（重慶）、譚清友（四川）、路志寬（河北）、姜利威（河南）、李惠艷（新疆兵團第六師）、唐德林（遼寧）、王征樺（安徽）。刊出的作品雖不多，但品質不錯，詩意也都豐富。另第四版有海青青給路志寬詩友的一封信。本章賞讀六位第一次在《牡丹園》發表作品的首播詩人。王國良的〈母親的梳子〉。（註二）

母親送我一把舊梳子
桃木的，是姥姥
臨終時留給她的遺物

她說，留個想念吧
九十多了，說不定哪天走了
怕到時候來不及送你

說得好輕鬆，就像要出
一趟遠門，而我迷離的淚眼
早已看不清外面的梨花

我請母親坐下來
就用這把歲月斑駁的梳子

梳理一座安靜的雪山
一根根白髮，掛滿了厚厚的
霜花和一生的酸甜苦辣
理順的時候，能聽到月光
斷裂的脆響

就這樣梳下去，把積雪
梳成春風，讓時光倒轉
在桃木上抽出嫩芽

在第一版下面有王國良的簡介，黑龍江大慶人，在很多詩刊發表作品，如《詩刊》、《詩潮》、《秋水》、《上海詩人》、《人民文學》等數十報刊雜誌。應該也是一位勤奮又多產的作家詩人。

這是一首動人的母子交流詩，情節從一開始平凡的一把梳子進入，到第三段是情緒的高潮，「**而我迷離的淚眼／早已看不清外面的梨花**」。接下來，情緒回復平靜，並轉憂為喜，讓情節不至於悲觀，為媽媽梳頭，感受到老母一生辛苦。最後讓詩意以青春健康收尾，「**就這樣梳下去，把積雪／梳成春風，讓時光倒轉／在桃木上抽出嫩芽**」，暗示生命代代傳承。

在吾國傳統文化裡，為父母養老送終，是每一個身為兒女的天職。孝道是中國文化重要傳統，能貼心為父母養老，正是孝道最佳體現。父母血親又是所有關係等級中最強固的連結，尤當父母年事很高，兒女對老父母的牽掛會更多，這時詩人的作品最能引人共鳴共感。賞讀雪里梅一首〈最美的情話〉。（註三）

你說，當我們老了
你會帶我逃離城市
逃離喧囂與浮躁
我們回歸自然，回到鄉村
去親吻泥土的芬芳
聆聽蟬琴蛙鼓的樂章

青瓦紅牆
木柵欄和竹籬笆
一畝青青的菜園
一方幽靜的池塘
還有爬滿柵欄和籬笆的
牽牛花和薔薇

黃昏，燕子在屋簷上
說著悄悄話
你給菜苗和花兒澆水
我敲打著鍵盤
給你寫一篇一篇的情詩

你說，對了

我們還要養一隻小黃狗
當它對著院門撒歡時，親愛的
你得快點去開門
那是寶貝孫子回來了

說到「情話」，正是世界上最美麗動聽的話語，幾乎所有人都愛聽，但世間最不真實、不可靠、難實踐的，「情話語言」是其中之一，也幾乎和「政治語言」一樣，都是「美麗的謊言」。這兩種語言唯一的差別，「政治語言」不真誠，而「情話語言」是真誠的，真誠的夢！美麗的夢！無法實現。柏拉圖的「理想國」為何吸引人，就是因為它是一張如夢如幻的美景！

這首詩寫得好的地方，就在於劃出所有老人所期待的養老「理想國」，有如詩境的鄉村田園。但依然體現中國父母具有的特色。「**我們還要養一隻小黃狗／當它對著院門撒歡時，親愛的／你得快點去開門／那是寶貝孫子回來了**」。對兒孫的渴望，是中國父母最大的期待，勝過對「情話」的期待。賞讀譚清友的〈茶碗裡的天地〉一詩。（註四）

沸水沖下去，茶葉就激動起來
上下翻滾
時間也漸漸變成金黃
香味來自大自然

從這一刻開始，我們也眉開目展
話語連連，天南地北
說一群大雁馱著秋天去了南方
說幾隻燕子，飛回來尋找去年的屋簷
說村口一株老槐在五月開出了新花
說一條鐵路要經過家門前
那聽得出神的榕樹
都紛紛倒進了茶碗，還有陽光
也穿過樹木的縫隙
在茶桌上流淌，彷彿它也不願錯過

這些美好的瞬間

這茶碗不小，裡面裝著地裝著天
裝著大千世界
一只茶碗擺在我們面前
就如為我們擺開了，五彩繽紛的人間

台灣有句俗話說「喝咖啡聊是非」，喝茶應也是。這首詩用了「物化」技巧，讓人和茶對等，都是有情眾生，所以茶葉也會「激動」。激動二字用得真好，捕捉沸水沖茶葉那瞬間的形象，意象鮮活到位，詩語言「上下翻滾」。一起首就是濃濃的詩味，向下伸展詩意時空情節。

中間段是「喝茶聊是非」的各種情境，把各種「是非」都詩意化。「**那聽得出神的榕樹／都紛紛倒進了茶碗，還有陽光……一只茶碗擺在我們面前／就如爲我們擺開了，五彩繽紛的人間**」。筆者祖籍四川，與譚清友可以有共通的四川土話，「我們喝茶擺龍門陣」。賞讀姜利威的〈鋤頭〉。（註五）

在父親的手中，是一支別樣的筆
一望無際的田野，是巨大的紙張
父親用它，蘸著自己的汗水
在這裡寫詩，這些長長短短的句子
土地，是它最忠實的讀者
有些語言，只有他們彼此能懂

這是「筆耕」和「鋤耕」的連通，將耕田昇華成文學創作，農夫昇華成詩人。農夫和詩人可以有連接，也有中國文化深厚的意涵，吾國傳統社會自古以來，有耕讀傳家的優良傳統。而「耕讀傳家」，也可以說是中國人的「理想國」，理想的家族家庭的教育發展模式。

耕於田野，等待機會，天下可為則「出山」為國所用，為民服務；天下不可為，則退而「回山」，悠遊於田園，種桑養蠶，男耕女織，多美好的人生夢境。賞讀李惠艷的〈陽台上飛起的鴿子〉。（註六）

潮漲潮落的波濤
還在風的琴弦上彈奏
一些日子在轉身的瞬間
生動了歲月千年的傳說
而被苦苦找尋的那串音符
卻在溫柔的撫摸中沸騰起來

陽台上飛起的鴿子
帶不走深深的祝福
悠悠的晚風
卻讓靈魂的顫動變得遍體鱗傷
枝頭上懶散的花瓣
依舊在期盼中盡情盛開
為何不見你涉水而來的腳步
有一種情感無法阻攔

有一種祝福在空谷回蕩
面壁久違的黃昏
是誰舉起浪漫的手臂
生動了彩筆描繪的天空

如果說不是所有的承諾
都已成為片言片語
我怎麼會用一生的愛戀
來解讀你生命的高度
如果說不是所有的燈光
都已變得支離破碎
我又怎麼會用一生的飛翔
來閱讀秋天的草原

說寫「陽台上飛起的鴿子」，即非寫陽台上飛起的鴿子，因為除第二段第一行重述詩題，其他所有詩句都和鴿子無關。那麼詩人在寫什麼？

可以這麼說，這是一首「造境」之作，詩人甚至不必真的看到陽台上的鴿子飛，只要心中有這種意象就夠了。借鴿子起飛的瞬間，思索、回顧往昔歲月，經歷多少起落成敗，看過多少風雲無常變幻，突然心中又燃起熱情。「**潮漲潮落的波濤／……卻在溫柔的撫摸中沸騰起來／／陽台上飛起的鴿子／帶不走深深的祝福／悠悠的晚風／卻讓靈魂的顫動變得遍體鱗傷……**」。在現實世界中，並不存在完全的「圓滿」或「完美」之事，任何人，終其一生必曾有過深淺不一的傷痛，受過大小不一的傷害。終極最後必須自己承擔且釋懷，乃至轉化、昇華，使「苦難」成為「補品」。否則，只得去跳太平洋！所以，常聽人說「世間最難認識了解的」，就是你自己。

最後一段有兩個假設性命題，感覺人生一切都是相對的如果，世上沒有一面倒的感情可以長久，你對我好，我必也對你好；你實踐了承諾，我必愛戀你一生。賞讀王征樺的〈七連嶼〉。（註七）

潔白的雲朵抽身去了
七顆晶藍的寶石手挽著手
七連嶼，掛在南海的胸前
若是女媧補天落下的

它一定屬於我的
若是嫦娥在月亮上弄丟的項鍊
它也是屬於我的
若是西王母的昆崙石
它更是屬於我的
趙述島、北島、中島、南島
北沙洲、中沙洲、南沙洲
我的雙眼
掉進了你們晶瑩剔透的藍色裡

南海，這區吾國古來固有的領土，經常成為媒體的寵兒，因為以美國為首的西方帝國主義，二百年來不斷打壓我中國人的生存空間，就怕中國強盛起來。近年更在南海、香港製造事端，企圖永久分裂中國，幹些禍害中華民族的舉動。幸好！中國強起來了！中國人醒了！內鬼外鬼能奈我何！我是中國，中國是我！我就是中國人，有我在中國一定強。

如王征樺的詩，每一寸中國領土都是中國人的。「**若是女媧補天落下的／它一定屬於我的……若是西王母的昆崙石／它更是屬於我的……**」。詩人的大氣魄，象徵（也代衣）這一代的中國人勇於承擔：我就是中國，中國就是我，有我在，誰都不能欺侮中國，說三道四也不行。往後的幾個世紀，地球上的大哥，就是中國，全球都將中國化！此非虛言，而是正在成為事實中。

本章賞閱六家在《牡丹園》的首播詩人，他們雖是第一次在這個園地播下詩種，但看他們的作品，應非新手詩人。可能在其他地方，早已詩園成森，詩果如林。

註釋

註一 陳福成，《光陰考古學——失落圖像考古現代詩集》（台北：文史哲出版社，二〇一八年八月）。本書有照片四百多張，每張配詩一首。

註二 王國良，〈母親的梳子〉，《牡丹園》（河南洛陽，二〇一八年十一月），第一版。

註三 雪里梅，〈最美的情話〉，同註二，第二版。

註四 譚清友，〈茶碗裡的天地〉，同註三。

註五 姜利威，〈鋤頭〉，同註三。

註六 李惠艷，〈陽台上飛起的鴿子〉，同註二，第二、三版。

註七 王征樺，〈七連嶼〉，同註二，第三版。

第十二章　總第六十期的好風景

《牡丹園》總第六十期（島錦號），於二〇一九年二月出刊了。發表作品的詩人有：張禮（雲南）、劉恆菊（安徽）、丁太如（江蘇）、張太成（安徽）、陳福成（台灣、即本書作者）、唐德林（遼寧）、王文富（河南）、高堅（內蒙古）、蔡同偉（山東）、路志寬（河北）、湯雲明（雲南）、張敬梓（四川）、鴿子（雲南）。另有筆者給海青青的簡信，及海青青給台灣詩人涂靜怡詩姊的一封文情並茂長信。

這期《牡丹園》刊出拙作〈中華民族大合照〉，五十六首民族詩中的〈白族〉、〈維吾爾族〉、〈京族〉、〈蒙古族〉、〈布依族〉，五族五首小詩。（註一）這些作品是筆者《光陰考古學——失落圖像考古現代詩》書中之第五輯。（註二）五十六民族詩，海青青應會在《牡丹園》逐期刊出，這是有意義的作品，本章不贅述。賞讀這期劉恆菊的作品，〈腳印〉。（註三）

雪中行
在自己腳印旁
再踩一腳印

想像有個人和自己
並肩踏過雪路

看似淺白，卻有深意暗示，人生孤寂，千山獨行，期待有人作伴。「雪路」又音同「血路」，也是暗示人間道的艱困難走，到處如血路，若有兩人同行，同心協力，相信人生路會好走些，至少不寂寞。何況，「雪路」和「血路」，需要有伴同行，才好共同解決問題。

貴讀丁太如的〈流淌在冬日的別離〉。（註四）

註定在這個蒼白的冬日
為你寫下生命的情歌

讓血液流淌的血液
詮釋肌體所有的呼喚
沒有人比我更一無所有
沒有人更在乎我一無所有

註定在這個寒冷的季節
為你描繪跋涉的精彩
讓透過冰雪的疲憊
沒有人比我更應有盡有
沒有人更在乎我應有盡有

註定在這個方塊的鍵盤
為你敲擊笛韵的節奏
讓冰冷屏幕的文字
詮釋內心所有的祝福

沒有人比我更歸心似箭
沒有人更在乎我歸心似箭

註定在這個擁擠的站台
為你魂牽夢繞的回眸
讓別離湧動的淚水
詮釋汽笛所有的飛翔
沒有人比我更渴望回歸
沒有人更在乎我渴望回歸

流淌在冬日的別離，不管誰別離總是讓人感傷，自古以來別離也是很多詩人愛寫的題材。這首詩好像是與愛人別離的情傷告白，四段以「沒有人比我更」不斷強化，是詩人四種心情的轉換。

每一段的前兩行「**註定在這個蒼白的冬日／爲你寫下生命的情歌……註定在這個擁擠的站台／爲你魂牽夢繞的回眸**」。也顯示用情之深，別離終究是多麼不捨，才會有夢魂牽繞的回眸！也只能給予祝福。此外，當下，只有回家取暖、療傷，想到家就歸心似箭！賞讀一首小詩（像散文詩），張太成〈一樹冬棗〉。（註五）

一樹冬棗，沒被人採摘
能在母親懷裡多呆上一些日子
它們一個個樂得漲紅了臉
傻笑著；但它們沒意識到
母親在它們快樂的歡笑中
累得腰更加彎曲了

很有詩意的六行小可愛，把棗樹擬人化，果未採摘留在樹上（母親）玩得不亦樂乎！果太重，樹枝壓彎了，象徵母親累彎了腰。形象、意象都很貼切，讀起來也感覺像散文詩。賞讀王文富〈把字累壞了〉。（註六）

一哥們的年終總結

存在問題：好喝酒
分析原因：酒好喝
總結經驗：喝酒好
整改措施：酒喝好
努力方向：喝好酒

這哥們真能節省
只用三個字
就把要點說清楚了
使我十分驚奇的是
這三個字的不同排列
竟能組成
五句意思不同的話
這哥們也不怕
把這三個字累壞了

我們的文字
怎麼會這樣神奇
上下看看
左右看看
我甚至想繞到字的背面
看看藏有什麼秘密
「酒」、「好」、「喝」呀
你們三個小精靈
看得我都有些醉意了

我相信絕大多數中國人，不知道中國字是地球上唯一的「文字」，你或會問，英文、德文、俄文……都不叫文字嗎？正是，叫「符號」。是也！只有中國方塊字才叫「文字」，其他各國都是符號而已！你身為中國人，應該走路有風！

「把字累壞了」是詩人創造的詩語言，凡是在中國長大的中國人（含台灣），這種事不會被「累壞了」。實際上是來中國學中文的洋人才會累壞了，不止這些字，幾乎所有的中國字都累壞了洋人，詩人刻意化為幽默詩意，「**一哥們的年終總結……你們三個小精靈／看得我都有些醉意了**」。中國字每個字，都是一個精靈，倉頡造字時，山河大地震動，眾神讚嘆！賞讀一首高堅的詩，〈雕塑〉。（註七）

父親站在夕陽裡
夕陽的標籤
深深鑲入他的背影裡
秋天的風
一遍一遍地呼喚
他走不出往事的回憶
窗前
腳印越來越稀疏
他的眼眸
停留在一隻飛鳥的翅膀上

一條路荒蕪

寫實又寫意的一首好詩，也感受到一種空靈境界，很有意境。詩題「雕塑」甚為新奇，通常雕塑是人在雕塑，這裡是陽光在雕塑人，形象具體，而意象亮麗，可以讓人產生自然之美。

「**父親站在夕陽裡／夕陽的標籤……腳印越來越稀疏／他的眼眸／停留在一隻飛鳥的翅膀上／一條路荒蕪**」。詩意也在暗示父親年紀大了，身為兒女的人，日漸憂心父母老去，體現孝思情懷。賞讀蔡同偉的一首小短詩，〈炊煙〉。（註八）

柴草的魂靈
幻化成一種圖騰
沿著鄉情的高度
緩緩向天空攀升

蜿蜒的藤蔓

爬進我的夢境
緊緊纏繞著
我的生命

這首〈炊煙〉和前首〈雕塑〉，都是很成功的小詩，空靈和想像空間極大，「空靈」如國畫裡的空白或文字以外的連結，而想像力是文學的點金棒，可點石成金。真是難得一見的好詩。

炊煙象徵一種鄉愁，作者形容成柴草的靈魂，又化成圖騰，深化成為生命的一部分。「**爬進我的夢境／緊緊纏繞著／我的生命**」。是啊！有炊煙的地方，是父母所在，是詩人生長的地方，是詩人的原鄉。

這集幾篇散文詩也寫得溫馨，張敬梓〈溫暖〉、〈寒冷〉，鴿子〈一片雪〉，路志寬〈仰望一場雪〉，都給人正能量的感覺，成為牡丹園裡的好風景。

註釋

註一　陳福成，〈中華民族大合照〉，《牡丹園》（河南洛陽，二〇一九年二月），第二版。

註二　陳福成，《光陰考古學——失落圖像考古現代詩集》（台北：文史哲出版社，二〇一八年八月）。

註三　劉恆菊，〈腳印〉，同註一，第一版。

註四　丁太如，〈流淌在冬日的別離〉，同註三。

註五　張太成，〈一樹冬棗〉，同註三。

註六　王文富，〈把字累壞了〉，同註一，第二版。

註七　高堅，〈雕塑〉，同註六。

註八　蔡同偉，〈炊煙〉，同註六。

第十三章 隔一片海峽，以一座島的思念

《牡丹園》總第六十一期（牡丹文化節號、第三十七屆），二〇一九年五月出刊了。發表作品的詩人有：台客（台灣）、林藍（湖北）、魏益君（山東）、劉恆菊（安徽，小廟中心小學）、舒一耕（山東）、顧艷君（河北）、張禮（雲南）、海青青（河南）、路志寬（河北）、姜利曉（河北）。

本期較多詩人書信有：海青青給廣西壯族詩人韋漢權的信、海青青給河南詩人王學忠的信、四川詩人木斧給海青青的信、山東詩人柳笛給海青青的信、海青青給黑龍江詩人王國良的信。及若干詩壇詩訊，如上海詩人莫林新著《風雨瀟瀟》，已由文匯出版社於二〇一八年十一月隆重出版發行。

值得一提，住在河南安陽市丁家巷的著名詩人王學忠和海青青也有文學上的交流。而王學忠和我因緣甚深，多年前我對王學忠的詩很著迷，乃讀盡王學忠所有已出版詩集十多本，用心研究，寫了兩本王學忠作品研究專書。《中國當代平民詩人王學忠》和《王學忠籲天詩錄》。（註一）神奇的是，王學忠和海青青都曾是擺地攤的，詩聖杜甫在成都窮困時，也在魚市場擺攤過日子，筆者也曾擺過地攤賣衣服。是什麼奇妙的因緣？為什麼詩人都是擺地攤的？

因而，中國文壇有句俗話「窮則工」，似說作者越是處於艱困環境，越能有好作品問世。檢驗古今偉大詩章，確實有此「現象」，如屈原、李後主、杜甫……但仍不足以成為建構「理論」的普遍現象。何況現在中國強盛了，繁榮了！絕大多數詩人應是不窮。賞讀一首台客的〈未來〉一詩。（註二）

攥在手中的日子
越來越少了
像銀行的存款
日益減少無法增加

該如何利用，每天盤算了
又盤算
卻總是，唉！
人生沒有後悔藥
早上，該起床
還是要起床，晚上
該睡覺還是要睡覺
白天，趁著還清醒
趁著老骨頭還能動
樂活每一天，直到
那一天到來，我
先走了，啊啊！
別說
再見，我只是告辭

二〇一九年二月十八日

最近才和台客在「黃昏六老」餐敘，我們也是幾十年老友了。台客不窮，公家單位退休有月俸金，家族裡也有祖產，不窮而其詩甚工，我曾為文稱他「現代白居易」。（註二）詩如其人，很平易近人的寫出人生真相，真誠簡單而意涵也很豐富，兩岸中國詩壇有很多台客的粉絲。

這首詩讀來有淡淡的感傷，可能詩人已七十歲了，感嘆於未來日子越來越少。最近他出版的詩集《種詩的人》，此類傷情之作有數十首。想開了！眾生皆如是，所以要把握當下，快樂活著。賞讀一首詩人林藍的〈春天的陽光〉。（註四）

陽光的手指暖融融
把心弦撥動
音符是小草　是花兒……
紛紛地往外湧
小草綠　花兒艷

來自去年冬天的夢中
音符是大雁　是燕子
是青蛙　是蜜蜂……
大家的願望都實現了
為了幸福而忙不停

多麼美好的春天
連石頭也開始做夢
音符是我　是你　是他……
都在春天裡高興

春天的陽光變成一個小可愛，陽光也有了「手指」，能撥動春天的心弦，讓大地動植物都鮮活了起來。甚至連石頭也開始做夢，這是詩人的想像力長了翅膀，因而可以「物我合一」，石頭是詩人，詩人是石頭，故可知石頭會有夢想。

這是一首用想像力喚醒春天，喚醒眾生的詩，詩人與大地萬物融一體，故知燕子青蛙願望都實現了。石頭的願望遲早可以實現，台灣詩人洛夫有《釀酒的石頭》（九歌出版社），林藍「做夢的石頭」也不差。賞讀魏益君的〈風箏〉。（註五）

早春二月
你是季節最艷的花
開在藍天
情牽鄉愁
村頭的場院
公園的草坪
鋪滿了歡聲笑語
線兒飄搖拉長了日子
風箏搖曳濃郁了季節
沖天的紙鳶
是大地放飛的信箋
把春姑娘的心事

說與雲朵

浪漫小品最為可愛，春天容顏總是叫人悸動，牽動一些細微的情緒，有屬於花語，有屬於鄉愁。當然，不管花或人，都是詩人心中秘密的一種暗示，或是告白。

「**沖天的紙鳶／是大地放飛的信箋／把春姑娘的心事／說與雲朵**」。終於詩人不想永久典藏秘密，春姑娘是詩人的化身（或代表），要透過風箏把心事說給雲聽，有一種浪漫和含蓄之美。賞讀劉恆菊的一首小詩〈春天的鳥語〉。（註六）

坐在庇護我們多年的老屋裡
我和父親一時沉默

門外春風浩蕩
樹上的鳥巧舌如簧
話兒真多

我們只顧聽它們的了
還是和小時候一樣

它們說啥我們都愛聽

春天的鳥語在說什麼？這當然不是詩的重點，也不會有人會真的去研究「鳥語」（科學研究除外）。詩意在暗示詩人和父親在鄉下老家的生活，享受鳥語花香的寧靜日子。還有，能和父親在一起享受沉默，是多麼珍貴的機會，這種機會越來越少了，要珍惜把握。賞讀舒一耕〈慈悲的房屋——悼母親〉。（註七）

母親離開了我
我平靜的心塌陷成一口井深而空洞
要想填滿它
我知道要占用我好多好多的時間
用思念一鍬一鍬地去填
帶著隱隱的傷和痛
填滿之後我還會在上面蓋一所房子
讓母親的心在裡面

慈悲 這是我給房子起的名字

媽媽走了！「**我平靜的心塌陷成一口井深而空洞**」，很驚恐的「洞」，而「塌陷」二字也很嚇人。這兩個意象（洞、塌陷），讓人連想到宇宙間一個星球的塌陷，被黑洞吞滅。象徵母親走了，是生命中極大的痛苦，對兒女（詩人）打擊很大，親人的死真的是人生最大的傷痛。

傷痛都必須自己尋求平復之道，誰也無能為力。詩人找到世間最好的療傷止痛仙藥「慈悲」，母親就是慈悲的象徵，今後詩人之家就以慈悲為名，永懷母親。也暗示自己傳承母親的慈悲精神。賞讀顧艷君的一首〈寒冷離你多麼遠〉。（註八）

你稚嫩的小臉兒，花兒一樣美
哪一本書，你最愛
你翻開一則童話，小聲說著
白雪公主的故事
聲音像白雪一樣純淨
連走路都還搖搖晃晃的你

卻把書裡的陽光和鳥鳴
攥得那麼緊。現在，寒冷
正像那個壞脾氣的女巫，在窗外
滿臉怒氣。一窗之隔，而它
離你多麼遠，你將帶著
一卷書的火焰走出去

「寒冷離你多遠」，也可以說多近！危險離你多近！惡離你多近！善離你多近。人生無常，善惡很難搞定，明天的你已非今天的你，後天更可能完全「走樣」了！誰也不曾保證自己，未來不犯任何錯！

惟父母都期許孩子往善的方向發展，但窗外（客觀世界環境）「**正像那個壞脾氣的女巫**」，如此危險和邪惡，孩子慢慢長大，都要自己去面對外面世界的寒熱和危機，父母很操心。

幸好！詩人對孩子有信心，「**你將帶著／一卷書的火焰走出去**」。孩子將會有熱情、有能力，改變外面的世界，給人溫暖！給人信心和愛。賞讀海青青給筆者的一首詩，感動！感念！感恩！

洛陽牡丹扇——贈台灣詩人陳福成（註九）海青青

二〇一六年四月，台灣著名詩人，《葡萄園》詩刊主編台客先生一行來洛陽。這是我們兩岸詩人再次相聚，共話新詩。分別前，托台客先生，將我準備的薄禮洛陽牡丹扇、洛陽牡丹茶等轉贈給台灣著名詩人、作家，我的詩兄陳福成先生，以慰我長久的思念，隨後，吟詩兩首，現擇一。

輕輕地
把千年帝都的四月展開
題一幅潑墨的牡丹
贈你
還有三兩聲鷓鴣
清啼在扇面

輕輕地
打開你贈的紙扇
我打開的是一片牡丹花城的春天
憶你
隔一片海峽
以一座島的思念

自從二〇一一年九月十日的晚上，兩岸詩人在洛陽「孟彩虹茶館」相聚，至今已八年多了。那晚一別，我和海青青如同「天各一方」，他把所著編的《牡丹園》每期寄給我；而我隱居於台灣小島上一荒山，過著養豬種菜和寫作的生活，不想理會這座文化荒島。中國歷史任其自走，合久必分，分久必合。

不想理會外界，正好我可以清淨、專心的寫作，閒時賞閱《牡丹園》，為海青青詩弟寫點東西，也算我長期收閱詩刊的回應和支持。

「**憶你／隔一片海峽／以一座島的思念**」。詩人重情，詩人之情如島之重，這份情將如《牡丹園》所有的詩，源遠流長，久久長長……

另，海清清送筆者一把洛陽牡丹扇，我照相起來後，放在本書兩個篇頭，當成更長久的紀念。

註釋

註一 拙著兩本王學忠作品研究是：《中國當代平民詩人王學忠》（台北：文史哲出版社，二〇一二年四月）、《王學忠籲天詩錄》（文史哲，二〇一五年八月）。

註二 台客，〈未來〉，《牡丹園》（河南洛陽，二〇一九年五月），第一版。

註三 陳福成，〈現代白居易——賞讀台客詩集《種詩的人》〉，詳見：台客，《種詩的人——八行詩三百首》（台北：文史哲出版社，二〇一九年九月），頁一八三—一九六。

註四 林藍，〈春天的陽光〉，同註二。

註五 魏益君，〈風箏〉，同註二。

註六 劉恆菊，〈春天的鳥語〉，同註二，第一、二版。

註七 舒一耕，〈慈悲的房屋——悼母親〉，同註二，第二版。

註八　顧艷君，〈寒冷離你多麼遠〉，同註七。

註九　海青青，〈洛陽牡丹扇——贈台灣詩人陳福成〉，同註七。

第十四章　我們共織共享中國夢

《牡丹園》總第六十二期（島赤號），於二〇一九年八月出刊了。發表作品的詩人有：吳開晉（北京）、陳福成（台灣、筆者）、路志寬（河北）、段新強（河南）、裴國華（雲南）、何小龍（甘肅）、白懷崗（陝西）、張禮（雲南）、龍曉初（廣東）、逍遙（四川）、胡慶軍（天津）、海青青（河南、回族）。

本期刊出不少詩人往來書信，海青青給靜怡姐，海青青給台客的信，海青青給吳開晉先生的兩封信。在海青青給台客的信中，尚「有一事相求」於台客，請台客幫忙打聽涂靜怡詩姊的近況，他已久無詩姊訊息，這是詩人的真性情，感動啊！不知台客如何回覆，就我所知，涂詩姊近年身體欠佳。

這期刊出拙著《光陰考古學——失落圖照考古現代詩集》一書中，〈中華民族大合照〉（註一）五十六個民族五十六首詩，接著上期，續刊出納西族、哈尼族、塔吉克族、藏

族。若欲知其全，只有自行閱讀該書了。賞讀段新強的〈在雁蕩山上〉。（註二一）

一道山嶺傾斜著
抵住了另一座山峰的暗影
溪流困在墨綠色的落差裡，嘩嘩聲
成為它靈魂上升的另一級
大雁飛過群山，像一些神秘的墨點
在一幅山水畫的佈局裡設置生門
整個天空也在尋找平衡，幾朵白雲
搬動著一望無際的空茫

詩人的靈視、靈學無所不在，且穿透時空，打破主客，全身感官也打通了「任督二脈」，才能寫出「**幾朵白雲／搬動著一望無際的空茫**」。白雲能「搬動」天空嗎？這種靈視倒敘法，如羅門在〈日月的行蹤〉有詩句，「一隻鳥把路飛起來」。（註三）鳥能把路飛起來嗎？真是叫人讚嘆的詩句！賞讀裴國華的〈愛你〉。（註四）

愛你
我不會像潮水
一瀉千里
只會像大山
默默不語

愛你
我不會像風兒
匆匆來去
只會像秋雨
淅淅瀝瀝

愛你
我不會像白雲
飄忽不定
只會像嫩竹
一節一節

愛的表達方式人人不同，沒有一定的法則可以依循，中國人和洋人更是大大不同，洋人把「我愛你」天天掛在嘴上，但離婚率很高，感覺上對「愛的表達」太過隨便。這可能是洋人對「性、愛」，過於開放的原因吧！

這位詩人對愛的表達，可以說完全是「中國式」的。堅定的愛在心裡不說出來，持續的愛到天長地久，一節一節慢慢的愛，一輩子愛到老，這應該就是中國夫妻相守一生「愛的密碼」。賞讀何小龍的一首〈年關囈語〉。（註五）

我說我怕過年

其實是怕時間
怕生命這根越來越失去
甜汁的甘蔗
又要被年的刀子剁去一截

翻過中年的山頭
我對時間的流逝越來越敏感
哪怕輕柔的雪花飄下
也會變成鹽粒
撒在傷口上
而皺紋，其實是結痂的刀痕

現在，我多像一小塊
兀立於河心的沙渚
無法躲開一把刀子的削切

但仍要努力開出一些花
長出一些草
以證明自己
不是大地荒蕪的部分

人到中年開始對「時間」感到害怕，時間是讓人驚恐的敵人，乃至是一個「殺手」。這是四捨五入已七十的我，能與詩人深刻感受時間壓力，越來越大到有些驚嚇的力道，「**怕生命這根越來越失去／甜汁的甘蔗／又要被年的刀子剁去一截**」。「剁去一截」意象很嚇人，一年又過去了，如同手指被「剁」去一截。

把時間形容成一把刀子，是中年以後的詩人才會用的構思。而實際上，任何年紀的人都「**無法躲開一把刀子的削切**」，只是未到一定年紀，對時間無感，總覺得來日方長，大天都可以任意揮霍。

白懷崗的〈背影〉四十多行，在《牡丹園》算是長詩了，寫的是父親的背影，一個農家的成長。這是中國典型的農家，父母一輩子操勞，無怨無悔，都為教養下一代，讓下一代有機會出頭天，引部分段落。（註六）

妻子已經幾年沒添置新衣服了
想到這些，他試圖在風中
將腰板挺直些
穿過那些生活看不見的沉重
……
只要不離開土地
把根莖朝深處扎，哪一片黃土
都能把一生獲得後悉數交出
而他只要一支沉默寡言的旱煙袋
一杯渾濁綿密的包谷酒
便能把那些生活的重擔一一負上
沿著光祖規劃的路線，繼續走

很寫實的作品，彰顯傳統中國農家的「耕讀」形象，父母拼命種田，供給孩子去讀書，這便是「中國式偉大的父母」。時代走到二十一世紀，我們依然沿著祖先優良傳統，繼續走。走向無盡的未來，基因也不會改變！賞讀龍曉初的〈被時光遺落的畫面〉一詩。（註七）

霜降那天，院裡的菊花正好開放
一片陽光從瓦縫落下來
點燃飛翔的昆蟲和匆匆的塵土

花苞抱著枝椏，開花時只想開花
簡單、純粹，不說什麼話
人們不關心他們打開多少朵，落下多少朵

秋天的光陰有時是荒涼的
老房子越來越冷，他們會記起兒時的家
牆上貼著獎狀，無憂無慮哼著童謠的孩子

父親那被日子砸彎的腰，牽著我的手
腳印踩落三行，或者兩行
走過染著風霜的石板路
被時光遺落磨舊的畫面，斜倚在夕陽裡

時光從來都對眾生平等看待，只是人到中年後，越來越對時光有感，乃至恐懼感。如前面何小龍的〈年關囈語〉，形容時光是一把刀子，「**又要被年的刀子剁去一截……無法躲開一把刀子的削切**」。而龍曉初在這詩則說「**父親那被日子砸彎的腰**」，真是嚇人啊！光陰不是「剁」人！便是「砸」人，這兩個意象讓詩「活」了起來，古來詩人都是「語不驚死不休」。

「砸」的意象雖驚恐，整首詩的意境佈局卻很寧靜，陽光「點燃」飛翔的昆蟲，花只顧開花。只是老房子越來越冷有些感傷，孩子長大了，出去打天下，成家立業，老房子只剩二老。賞讀逍遙〈秋不語〉。（註八）

秋不語
秋只是用落葉打水漂

二伯還在用水桶挑井水吃
從桶裡將一片落葉撿起，隨便一丟
又走向了生活。如同她的女兒
隨便去一個方向，又攆上了打工潮

口望著天，不語
就像二伯望著留有女兒背影的埡口
不語

人與人的關係，大多時候不必用語言溝通，任其自然發生，自然運作。如「日出而作、日落而息」，尤其親人好友愛侶之間，以心傳心，心領神會真是一種很美妙的境界。而在職場上，很多時候到了「上級」開口說話，為時已晚，不語，是很奇妙的表達方式。

詩意似在說一個傳統而寧靜的古村，四季轉換和人的生活，都安靜地在自然自動中運作。只是二伯的女兒「隨便」就跑了，讓老人家在埡口張望，暗示了幾分無奈，孩子年輕大多不能體會父母苦心。賞讀胡慶軍的〈初春的暖陽〉。（註九）

誰把憂傷沏成了一壺清茶
誰把初春的暖陽描繪成了浪漫的向往
乾枯的樹枝間，風吹開了生命的想像
那些似曾相識的情節，讓春天
開在小姑娘的頭上

初春是萬物驚醒的季節，有暖陽給眾生朝氣，憂傷都會化解成一壺好茶。樹枝長了新芽，給人有新生的想像，小姑娘的頭上有春天的亮麗。春天多美好！整首詩有一種青春的感覺。一年之計在於春啊！要有浪漫的人生，快在今年春天踏出第一步。

這期也有我未曾謀面的朋友吳開晉四首小詩，〈紹興沈園〉一詩，「**細雨蒙蒙／是**

傷心的淚滴／蓮荷擺動／是久別後的慨嘆／永絕的墓園／留下千古絕唱」（註十）。這寫的是陸游和唐婉的悲情故事，千古之大感傷。

海青青在這期有〈半生圍牆〉，也算長詩，寫的是大陸這半世紀的大歷史和小歷史發展史。詩的最後兩行，給現在的中國人莫大鼓舞，「記錄一個家庭，一個民族，一個時代半個世紀的崢嶸歲月／從一個平凡的富裕的夢想到一個偉大的復興的夢想」。（註十一）就讓兩岸中國人共織共享中國夢吧！

註釋

註一 陳福成，《光陰考古學——失落圖照考古現代詩集》（台北：文史哲出版社，二〇一八年八月）。

註二 段新強，〈在雁蕩山上〉，《牡丹園》（河南洛陽，二〇一九年八月），第二版。

註三 羅門，〈日月的行蹤〉，引自：陳仲義，《現代詩技藝透析》（台北：文史哲出版社，二〇〇三年十二月），頁四五。

註四 裴國華，〈愛你〉，同註二。

註五 何小龍，〈年關囈語〉，同註二。

註六　白懷崗，〈背影〉，同註二。

註七　龍曉初，〈被時光遺落的畫面〉，同註二，第三版。

註八　逍遙，〈秋不語〉，同註二，第三版。

註九　胡慶軍，〈初春的暖陽〉，同註八。

註十　吳開晉，〈紹興沈園〉，同註二，第一版。

註十一　海青青，〈半生牆圍〉，同註十。

第二部《大中原歌壇》

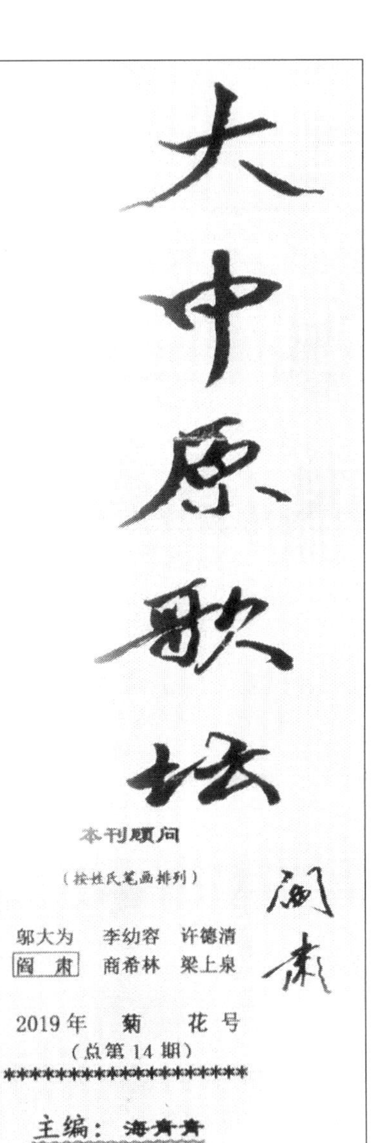
大中原歌坛

本刊顾问

（按姓氏笔画排列）

阎肃

邬大为　李幼容　许德清

阎　肃　商希林　梁上泉

2019年　菊　花号

（总第14期）

****

主编：海青青

第一章　中國人的天命及其他

《大中原歌壇》總第五期，二〇一五年（菊花號），發表作品的詞曲家有：鄔大為（遼寧）、劉秉剛（上海）、刁長育（山東）、劉新正（河南）、歐正中（四川）、汪荼英（江西）、尤素福・海青青（河南）。其他尚有一些歌友往來書信，已譜成歌有三首（附印於後）：（註一）

朱曉雙詞，錢誠曲，〈親親洛帶〉（獨唱）

鄔洁梅詞，張文曲，〈軍中好兒郎〉。

閻肅詞，吳克敏曲，〈全心全意〉（獨唱）。

《大中原歌壇》也是海青青主持並主編的刊物，在全中國（含港、台），我尚未見到第二個以歌為主名的私人刊物，不得不讚嘆海青青的使命感。海青青經由詩刊和歌刊宣揚中國文學詩歌，所產生的影響力和貢獻，不亞於外交戰場上的外交官，不亞於前線戰士！這是我近幾年來積極鼓舞這位河南洛陽的詩歌工作者，讚揚他對中國詩歌的墾拓，者書立說宣揚「海青青精神」。

海青青所主持的《大中原歌壇》是一份純公益性質的民刊，已受到海內外華語歌壇讚賞，受到作曲家們關注。現在已有作曲家為刊登過的歌詞譜曲，為這個中國歌友平台歡呼！賞閱本期第一首歌，是鄔大為的〈血祭〉歌詞。（註二）

那一夜，殺人夜，
國門破，山河裂，
日寇鐵蹄卷狼煙，
房屋燒毀村莊滅，
鬼子刺刀閃寒光，
親人頭落氣斷絕，
啊，千村萬落哭聲慘，

遍地只見血！血！血！

黃河水，流不歇，
中國人，殺不絕，
揮淚奮起鬥強寇，
忍悲拼死反侵略，
血磨大刀刀猶亮，
仇鼓鬥志志更烈，
啊，前赴後繼殺頑敵，
誓把鬼子滅！滅！滅！

侵略火，眾人滅，
恥辱史，血淚寫，
國貧力弱定受欺，
民窮氣短必遭劫，

誰知死灰又復燃，
狼煙燒醒全世界，
啊，唯有天下齊團結，
才能享受和平月！月！月！

「人類的出現是進化論的錯誤」，這是保育專定珍古德說的。但我想縮小範圍，「大和民族的出現是進化論最大的錯誤」，這是「台灣軍魂」陳福成說的。「日本」這個民族是地球上不該出現的民族，日本這個民族是進化變種，極邪惡之物種，遲早必亡，因為牠們已造成亞洲二億人死亡！二億冤魂，現在日本總人口不夠還！許多無知的現代人可能不相信。

大約四百年前（吾國明萬歷間），倭人之國（今日本）邪惡野心家織田信長、豐臣秀吉，深感日本小島，領土太少，資源不足。因而策訂出一個「大和民族之天命」，謂必須消滅中國，佔領全亞洲，建立一個「大日本帝國」。此後這個「神話」成為日本民族代代相傳的民族使命，為日本人生生世世必須完成的「天命」。

日本為實現這個幻想，四百年來發動三次「滅華之戰」，滅中國必先取朝鮮和台灣。

吾國明朝萬歷時，倭國出動二十萬大軍，不到一個月消滅朝鮮王國，朝鮮王求救於萬歷皇帝，並派出四十萬大軍，這是史稱「中日朝鮮七年之戰」。此戰，倭軍全軍被滅，逃回日本無幾。但倭軍這七年在朝鮮半島處處進行大屠殺，韓國歷史記載「險些滅族」。總計各方傷亡數百萬人，這是第一次滅華之戰的結果，年代較久，很多人不知道了。

日本第二次滅華之戰是「甲午之戰」，結果是朝鮮和台灣被日本佔領殖民，日本老毛病又犯，到處大屠殺，這些歷史韓國人民牢記在心。而台灣現在三十多歲以下年輕人，因被洗腦，一味媚日反中，忘了自己是「貨真價實的中國人」。可惜！可嘆！「人欲亡其國必先亡其史」，台灣人的悲哀！

日本第三次滅華之戰，是大家知道的民國「八年抗戰」（應是十四年之戰才對）。此戰禍及全亞洲，因戰亡、屠殺、流離失所而亡等，全亞洲約上看二億，日本不全滅，亞洲永無寧日。中國不滅，日本絕不干心，他們早已啟動「第四次滅華之戰」的準備工作，正如鄔大為這首歌第三段中的兩句：

誰知死灰又復燃
狼煙燒醒全世界

為中華民族之千秋萬世永在，為全亞洲之永久安寧，也為喚醒所有中國人，小心身旁有個邪惡的物種，筆者著書立說，出版《日本問題的終極處理——廿一世紀中國人的大命與扶桑省建設要綱》一書。（註三）該書主張在本世紀中葉之適當時機，以核武消滅日本，剩餘日本人強制遷移亞洲內陸，分散各處，日本列島改設「中國扶桑省」，完成我國元朝未完之使命。也是中國人之天命，中華民族之歷史任務，日本不亡，中國永無寧日。鄔大為的另兩首詩〈密林中的小屋〉和〈一口白米飯〉都讓中國人醒腦。（註四）據我個人研究、觀察，中國現在富強了，但民族自信心尚未完全恢復，「國家認同」尚有長路要走。我們這一代中國人要承先啟後，努力宣揚以教育後進。賞讀劉秉剛的小品，〈我有一把金鑰匙〉。（註五）

我有一把金鑰匙
它是寶中寶
不開箱子不開柜
專門開電腦

打開電腦上了網
如同登金橋
走進知識海洋裡
寶貝真不少
金鑰匙你也有
——就是小鼠標

確實，有了電腦真的能知古今天下事，所有一切，只要找「古哥」，就能得到所要答案，「不出門就能寫世界各國遊記」，千真萬確。可見現代電腦多厲害，未來進入五G、六G、七G……不敢想像的恐怖！

天下事都相對論，電腦網路太發達，很多人得了電腦癌、網路癌、電玩癌、手機癌……每天都有這種「病人」死亡。更普遍性的問題，人只會和電腦溝通，人與人之間不會溝通而更疏理，社會變得冷漠又不安全。賞閱刁長育的〈人在他鄉〉之歌。（註六）

車水馬龍，熙熙攘攘，

我卻常常回味故鄉的模樣。
霓虹閃爍，萬家燈火，
那是爹娘盼歸的目光。

有了工作，成了小家，
心卻還像浮萍不停地游蕩。
行色匆匆，拼搏奔忙，
尋覓落地生根的土壤。

城市越長越高，
我卻越來越迷茫。
怎樣才能融入你？
讓心不再流浪。
難道註定我是過客？
咳，家在遠方！

城市越來越美，
我卻越來越惆悵。
何時才會接納我？
讓心不再徬徨。
難道結局無法改變？
咳，人在他鄉！

所有的故鄉，在最初剛住下時都是他鄉；所有的他鄉，定居久了就變故鄉。千百年來人類都在故鄉和他鄉的交替變遷，從非洲發展到現在，地球人滿為患。再增加下去，何時地球承擔不住，球體向下沉落，眾生將如何？這應該不會發生的事，地球有一定的軌道，「脫軌」機率在吾人有生之年不會發生。

人是念舊的智慧生物，也是感情物種。我們總會眷戀父母祖居地、自己出生地或童年成長地，你到他鄉工作發展，一顆心卻想著那些地方，因為那是故鄉。直到有一天，父母去了西方極樂世界，你的他鄉很快會變成故鄉，你的兒女又遠走他鄉……再重演一

回他鄉變故鄉，人都在漂流，無始無終的漂流！賞閱汪茶英一首〈親愛的爸爸媽媽〉之歌。（註七）

你們用愛圍成溫暖的家，
牽著我的手走過春夏秋冬。
說不完的叮嚀數不盡的牽掛，
一步一步教我走向強大。
正直善良是最大財富，
相親相愛是最美的圖畫。
親愛的爸爸媽媽，
我一定會自強不息勇闖天涯。

你們用愛圍成溫暖的家，
護著我的夢笑對風吹雨打。
傾不盡的心血累不停的步伐，

一點一滴教我心懷天下。
堅忍不拔是最好的榜樣，
親切笑臉是最美的鮮花。
親愛的爸爸媽媽，
我一定會熱愛生活愛國愛家。

再次彰顯了「中國式父母」與外國人父母的不同特色。在國際上曾有一個很正式的調查統計，針對世界各國身為父母的人，年老最想做什麼？大約不外環遊世界、好好的玩或最好養老院住下，把一輩子財富花光。只有中國的老年人說要守著老家帶孫，把財富傳給兒女。太好了！這是我中華民族的優良傳統，中國之所以在地球上頂立五千年，且很快就要「全球中國化」了。都因為我們有優良文化傳統！

這首歌唱頌我們中國人的父母，一生為家園打拼，無怨無悔為兒女付出。我們大聲朗讀這首歌，感受歌的情意，有誰能譜曲，大家唱廣為流傳。賞讀一首尤素福‧海青青的〈誘惑〉。（註八）

都說世界充滿了誘惑，
我卻沒有過多的選擇。
夢裡的風縱然牽著我，
也看不到想要的結果。

都說世界充滿了誘惑，
失落總是我的座上客。
多少次曾深深地反思，
是不是開始註定了錯？

我的要求真的不很高，
尊嚴的像一個人生活，
努力過嚐試過拼搏過，
依舊卸不掉失敗的殼！

難道自己是個多餘的，
像一首不和諧的詩歌？
悲劇的我不輕易懦弱，
彩虹裡也有我的一色！

當寂寞徘徊街的角落，
久久凝望那萬家燈火，
那燭光裡陌生的人們，
是否常常幸福和快樂？

只有夜深人靜的時候，
含著淚翻翻書聽聽歌，
才明白不止是我一個，
不快樂的人是那麼多！

再說到國際上的一些調查統計，有很多著名機構（如瑞士洛桑學院），經常調查世界各國（地區）人民的「快樂指數」，或「痛苦指數」，越是現代化高富強之國，人民多活的不快樂，痛苦指數高；反之，現代化低且貧窮小國，如不丹、尼泊爾，人民最快樂，幸福感高，而痛苦指數很低。為何？

這是人世間最複雜，但也簡單的問題，簡言之，富裕使「人慾」增加，慾望雖可使人壯大，卻也是不快樂根源。所以，思想家、佛學家都在講「去人慾、存天理」，這比頂天難！

海青青這首歌也講到很多人的生命歷程。俗話說「男怕幹錯行、女怕嫁錯郎」，幹一行怨一行，年輕時走入某一行業，軍人、教師、做生意、當作家……一路上外面有更好的「誘惑」，要怎麼辦？很艱困的歷程。孔子說「四十不惑」，也未必是，筆者愚昧，到五十才不惑，為感念自己智慧有所開展，乃著《五十不惑》一書。（註九）

海青青既然「明白不止我一個」，就已經是明白人了，明白則不惑。這一章一開始，講我想到中國人的天命，余將盡一輩子光陰，宣揚這個我中華民族的歷史使命！

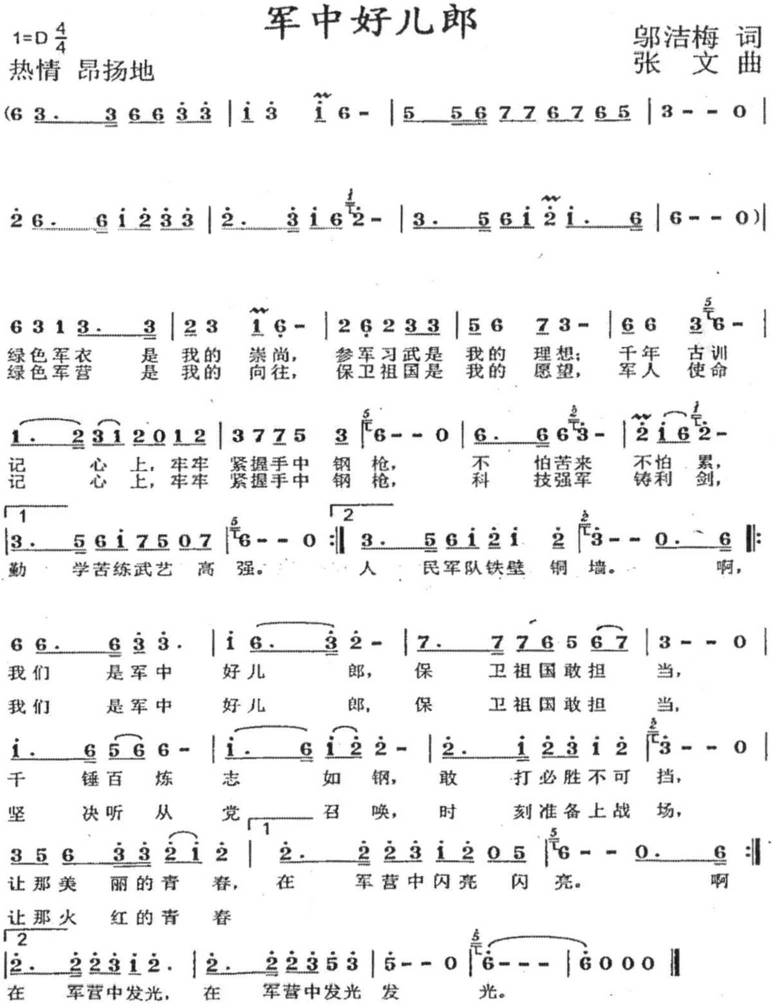

军中好儿郎

邬洁梅 词
张 文 曲

1=D 4/4
热情 昂扬地

(6 3. 3 6 6 3 3 | 1 3 1 6 - | 5 5 6 7 7 6 7 6 5 | 3 - - 0 |

2 6. 6 1 2 3 3 | 2. 3 1 6 2 - | 3. 5 6 1 2 1. 6 | 6 - - 0) |

6 3 1 3. 3 | 2 3 1 6 - | 2 6 2 3 3 | 5 6 7 3 - | 6 6 3 6 - |
绿色军衣 是 我的 崇尚，参军习武是 我的 理想；千年 古训
绿色军营 是 我的 向往，保卫祖国是 我的 愿望，军人 使命

1. 2 3 1 2 0 1 2 | 3 7 7 5 3 | 6 - - 0 | 6. 6 6 3 - | 2 1 6 2 - |
记 心 上，牢牢 紧握手中 钢 枪，不 怕苦来 不怕 累，
记 心 上，牢牢 紧握手中 钢 枪，科 技强军 铸利 剑，

1. 3. 5 6 1 7 5 0 7 | 6 - - 0 :‖ 2. 3. 5 6 1 2 1 2 | 3 - - 0. 6 ‖:
勤 学苦练武艺 高 强。人 民军队铁壁 铜 墙。啊，

6 6. 6 3 3. | 1 6. 3 2 - | 7. 7 7 6 5 6 7 | 3 - - 0 |
我们 是军中 好儿 郎，保 卫祖国敢担 当，
我们 是军中 好儿 郎，保 卫祖国敢担 当，

1. 6 5 6 6 - | 1. 6 1 2 2 - | 2. 1 2 3 1 2 | 3 - - 0 |
千 锤百 炼 志 如 钢，敢 打必胜不可 挡，
坚 决听 从 党 召 唤，时 刻准备上战 场，

3 5 6 3 3 2 1 2 | 1. 2. 2 2 3 1 2 0 5 | 6 - - 0. 6 :‖
让那美 丽的青 春，在 军营中闪亮 闪 亮。啊
让那火 红的青 春

2. 2. 2 2 3 1 2. | 2. 2 2 3 5 3 | 5 - - 0 | 6 - - - | 6 0 0 0 ‖
在 军营中发光，在 军营中发光 发 光。

邬洁梅 地址：江西省萍乡市人民政府机关事务局 邮编：337000
张 文 地址：山东省枣庄八中南校 音乐组 邮编：277099
电话：13563255608 QQ:1076284158
邮箱：zhangwen_200611@163.com

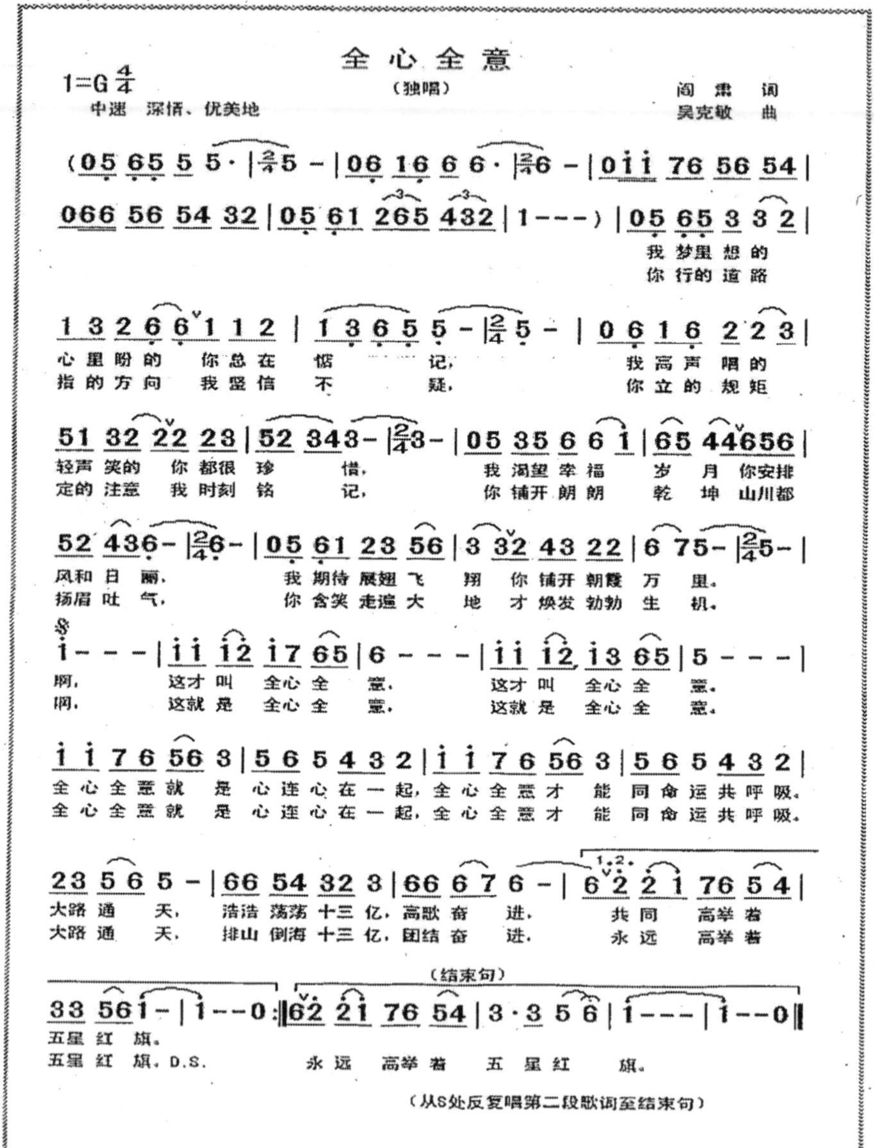

全心全意

（独唱）

1=G 4/4

中速　深情、优美地

阎肃 词
吴克敏 曲

(05 65 5 5· | 2/4 5 - | 06 16 6 6· | 2/4 6 - | 0i i 76 56 54 |

066 56 54 32 | 05 61 265 432 | 1 - - -) | 05 65 3 3 2 |

我梦里想的
你行的道路

1 3 2 6 6 1 1 2 | 1 3 6 5 5 - | 2/4 5 - | 0 6 1 6 2 2 3 |

心里盼的 你总在 惦 记， 我高声唱的
指的方向 我坚信 不 疑， 你立的规矩

51 32 22 23 | 52 343 - | 2/4 3 - | 05 35 6 6 i | 65 44656 |

轻声笑的 你都很 珍 惜， 我渴望幸福 岁 月 你安排
定的注意 我时刻 铭 记， 你铺开朗朗 乾 坤 山川都

52 436 - | 2/4 6 - | 05 61 23 56 | 3 32 43 22 | 6 75 - | 2/4 5 - |

风和日丽， 我期待展翅飞 翔 你铺开朝霞 万 里。
扬眉吐气， 你含笑走遍大 地 才焕发勃勃 生 机。

𝄋
i - - - | i i i 2 i 7 6 5 | 6 - - - | i i i 2 i 3 6 5 | 5 - - - |

啊， 这才叫 全心全 意， 这才叫 全心全 意。
啊， 这就是 全心全 意， 这就是 全心全 意。

i i 7 6 5 6 3 | 5 6 5 4 3 2 | i i 7 6 5 6 3 | 5 6 5 4 3 2 |

全心全意就 是 心连心在一起，全心全意才 能 同命运共呼吸。
全心全意就 是 心连心在一起，全心全意才 能 同命运共呼吸。

23 5 6 5 - | 66 54 32 3 | 66 6 7 6 - | [1.2.] 6 2 2 i 76 5 4 |

大路通 天， 浩浩 荡荡 十三亿，高歌奋 进， 共同 高举着
大路通 天， 排山 倒海 十三亿，团结奋 进， 永远 高举着

（结束句）

33 56i - | i - - 0 :|| 62 2i 76 54 | 3 · 3 5 6 | i - - - | i - - 0 ||

五星红旗。
五星红旗。D.S. 永远 高举着 五星红 旗。

（从S处反复唱第二段歌词至结束句）

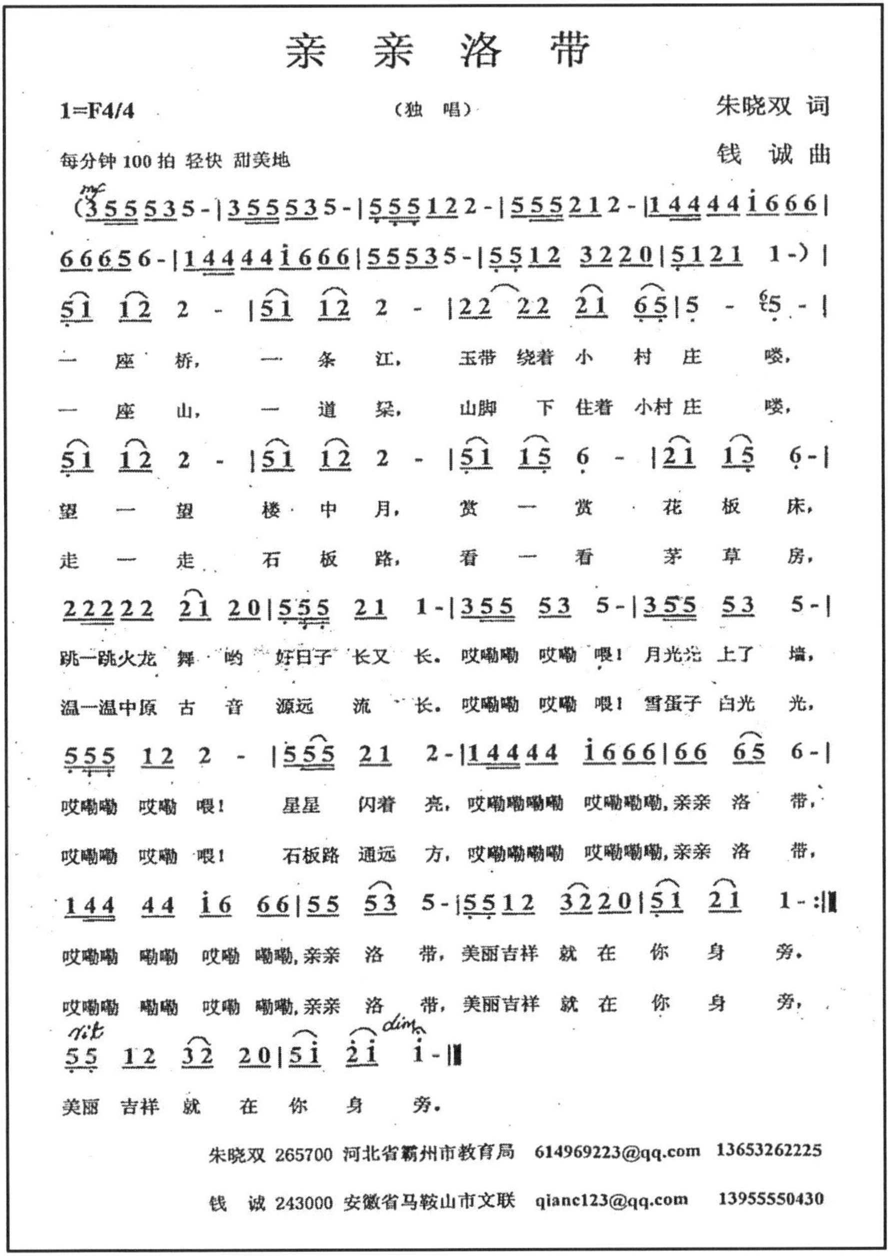

亲 亲 洛 带

1=F4/4　　（独　唱）　　朱晓双 词

钱　诚 曲

每分钟 100 拍 轻快 甜美地

(3 55 53 5 - | 3 55 53 5 - | 5 55 12 2 - | 5 55 21 2 - | 1 44 44 i 6 66 |
66 65 6 - | 1 44 44 i 6 66 | 55 53 5 - | 5 51 2 3 22 0 | 5 12 1 1 -) |

51 12 2 - | 51 12 2 - | 22 22 21 65 | 5 - 65 - |

一 座 桥， 一 条 江， 玉带 绕着 小 村 庄 喽，

一 座 山， 一 道 粱， 山脚 下 住着 小村 庄 喽，

51 12 2 - | 51 12 2 - | 51 15 6 - | 21 15 6 - |

望 一 望 楼 中 月， 赏 一 赏 花 板 床，

走 一 走 石 板 路， 看 一 看 茅 草 房，

22222 21 20 | 555 21 1 - | 355 53 5 - | 355 53 5 - |

跳一跳火龙 舞 哟 好日子 长又 长。哎嘞嘞 哎嘞 喂！月光光 上了 墙，

温一温中原 古 音 源远 流 长。哎嘞嘞 哎嘞 喂！雪蛋子 白光 光，

555 12 2 - | 555 21 2 - | 14444 i666 | 66 65 6 - |

哎嘞嘞 哎嘞 喂！ 星星 闪着 亮，哎嘞嘞嘞嘞 哎嘞嘞嘞，亲亲 洛 带，

哎嘞嘞 哎嘞 喂！ 石板路 通远 方，哎嘞嘞嘞嘞 哎嘞嘞嘞，亲亲 洛 带，

144 44 i6 66 | 55 53 5 - | 5512 3220 | 51 21 1 - :‖

哎嘞嘞 嘞嘞 哎嘞 嘞嘞，亲亲 洛 带，美丽吉祥 就 在 你 身 旁。

哎嘞嘞 嘞嘞 哎嘞 嘞嘞，亲亲 洛 带，美丽吉祥 就 在 你 身 旁，

55 12 32 20 | 5i 2i i - ‖

美丽 吉祥 就 在 你 身 旁。

朱晓双 265700 河北省霸州市教育局 614969223@qq.com 13653262225

钱　诚 243000 安徽省马鞍山市文联 qianc123@qq.com 13955550430

註釋

註一　《大中原歌壇》（河南洛陽：二〇一五年總第五期），第六、七、八版。

註二　鄔大為，〈血祭〉，同註一，第一版。

註三　陳福成，《日本問題終極處理——廿一世紀中國人的天命與扶桑省建設要綱》（台北：文史哲出版社，二〇一三年七月）。

註四　鄔大為，〈密林中的小屋〉、〈一口白米飯〉，同註一，第一版。

註五　劉秉剛，〈我有一把金鑰匙〉，同註一，第一、二版。

註六　刁長育，〈人在他鄉〉，同註一，第二版。

註七　汪荼英，〈親愛的爸爸媽媽〉，同註一，第三版。

註八　尤素福・海清青，〈誘惑〉，同註一，第三版。

註九　陳福成，《五十不惑》（台北：時英出版社，二〇〇四年五月）

第二章 海青青的中國心 中國情接我心情

《大中原歌壇》總第六期（雪花號），於二〇一五年七月出刊了。發表作品的作詞（曲）家有：周俞林（湖南）、尤素福．海青青（河南）、歐正中（四川）、刁長育（山東）、陳迎（重慶）、劉新正（河南）、謝堂章（湖南）、李愫生（河北）、汪茶英（江西）、劉秉剛（上海）。其他有歌友往來書信，范修奎（廣東）有一篇約千字文，〈一首歌曲的呼喊與震撼——評譚維維所演繹的歌曲《給你一點顏色》〉。另已譜曲的四首如後。（註一）

趙大國詞、張和平曲，〈在春天的故事裡想你〉（女聲獨唱，深情、思念地）。

尤素福．海青青詞曲，海青青演唱，〈大中原〉（深情、飽滿、讚美地）。

于天花詞，錢誠曲，〈藝術人生〉（男中音獨唱，深情、感慨萬千地）。

范修奎詞、劉北休曲，〈客家阿妹收割忙〉。

海青青在這期有三首力作，已譜曲的〈大中原〉，未譜曲的有〈天香中國〉兩首。都讓我很感動，可以「中國心、中國情」名之，如〈大中原〉的詞曰：「我的情在中原，綠色的大中原，浩浩黃河，風流了青山，沃野了麥田，我的愛在中原……那裡有古都古樂古書院，那裡有豫劇美食百樣全……」。海青青的中國心中國情，能接我心，亦接我情。所以，我和海青青雖僅一面之緣，又相隔一海千里，但我和他能「接心」，我知道他心中都在思索什麼！如他這首〈中國香〉三部曲之一。（註二）

一

花有你的天香，
花有你的國色，
花有你的情懷，
花有你的氣魄。

你有花的美麗，
你有花的婉約，
你有花的堅強，
你有花的性格。

啊，中國，
牡丹的家，天香的國。
啊，中國，
牡丹的家，天香的國。

二

花是你的春色，
你是花的遼闊。
花是你的微笑，

你是花的清波。

花緊貼你心窩，
你緊抱那花朵，
生生世世戀著，
譜一曲愛之歌。

啊，牡丹，
花開中國，香飄世界角落。
啊，牡丹，
花開中國，香飄世界角落。

筆者一生以炎黃子孫自居，以身為生長在台灣的中國人為榮，以身為中華民族之一員為傲。我勇於承擔「中國是我、我是中國」，所以我沒有一般台灣人的悲情和狹礙。在筆者至今所出版的一百四十餘部書，每一本的封面內摺頁〈作者簡介〉都有這麼一段話：

「以黃埔人為職志，以生長在台灣的中國人為榮。創作、寫詩，鑽研「中國學」，以貢獻所能和所學為自我實現途徑，以宣揚春秋大義為一生志業。」因此，我的時間、歲月和心力，盡用於此，其他所有（玩樂、旅遊等），點到為止，盡量減少。這樣的我，和海青青這首〈中國香〉，完全可以心領神會。

很多中國人可能不知道，弘一大師曾說過：「人生三難得，良師、佛法和生為中國人。」（註三）地球上各民族千百種，你卻生在五千年文化文明之中國，你能不驕傲乎？能不抬頭挺胸走路乎？好好感受「天香之國」、「花開中國，香飄世界角落」。賞讀海青青另一首〈中國香〉三部曲之二。（註四）

（前奏　京劇風格）

一

秦漢的賦，唐宋的詩，

裝訂起一部華夏史冊。

草寫的字，隸刻的印，

水墨出一幅東方綽約。

二

古人的曲，今人的歌，
煙雨中誰在獨對漁火？

愛也是詩，恨也是句，
夢不醒是詩人的執著！

一二

你從詩經踏蘭而來，
從此再也沒有飄落，
用年復一年的花朵，
覆蓋心的每一角落。

踏著中國夢的腳步，
以一個不屈的歌者，
把詩句點耕成星辰，
照亮每條路的相約。

這是一片詩人的樂土！
這是一個詩香的中國！
眼裡含著故園的秋色，
血裡奔騰著長江黃河。

世界已搭就新的舞台，
詩的民族有詩的氣魄，
讓詩裝點每一寸山河，
傾聽中國這首新詩歌！

這首歌唱的是中國詩歌史、中國文化史、中國民族發展史，以及二十一世紀即將要實現、正在一步步實現的中國夢。我們太盼望中國夢了！那是因為從滿清中葉以來，我們中國人碰到太多惡夢，割地賠款惡夢，次殖民地惡夢！國民失去尊嚴惡夢！民族自信心崩盤惡夢！貧窮惡夢！戰亂惡夢……現在中華民族復興了，社會富裕了，國家強盛了，我們夠格做中國夢，我們大聲向全世界宣言：廿一世紀是中國人的世紀。

海青青這首歌放於國際也有安定作用，因為以美英為首的西方帝國主義，始終在操作「中國威脅論」，說中國強盛會侵略別國。而實際上數百年來，只有列強侵略中國，沒有中國侵略誰，長城的存在就是證據，中國是如詩如歌之和平民族。正如海青青的歌：「這是一片詩人的樂土／這是一個詩香的中國……傾聽中國這首新詩歌」。詩香的中國，自古以來只會做「濟弱扶傾」的事，不會「食弱」，更不侵略別國！

這是歌，亦充滿詩意境界，「水墨出一幅東方綽約、煙雨中誰在獨對漁火、把詩句點耕成星辰」，給人很多優美的想像。而「血裡奔騰著長江黃河」，讓筆者也熱血沸騰，中國人看（聽）到也澎湃！鼓舞我們民族精神，有很大作用。這是海青青的中國心中國情，住隔海千里外，也能接我心我情！也能接海內外中國人之心情。

在范修奎那篇評譚維維所演繹的歌曲〈給你一點顏色〉一文，最末提到說，唱出自己獨特的風格，唱出好聲音，發出最強音，向高峰進軍，為中國的文藝事業貢獻自己的聰明才華。我想，海青青是夠努力了，他用自己及弱勢的財力，他堅定的要向這個目標前進，只待作曲家把〈天香中國〉譜曲，這歌必在神州大地每個角落響起！

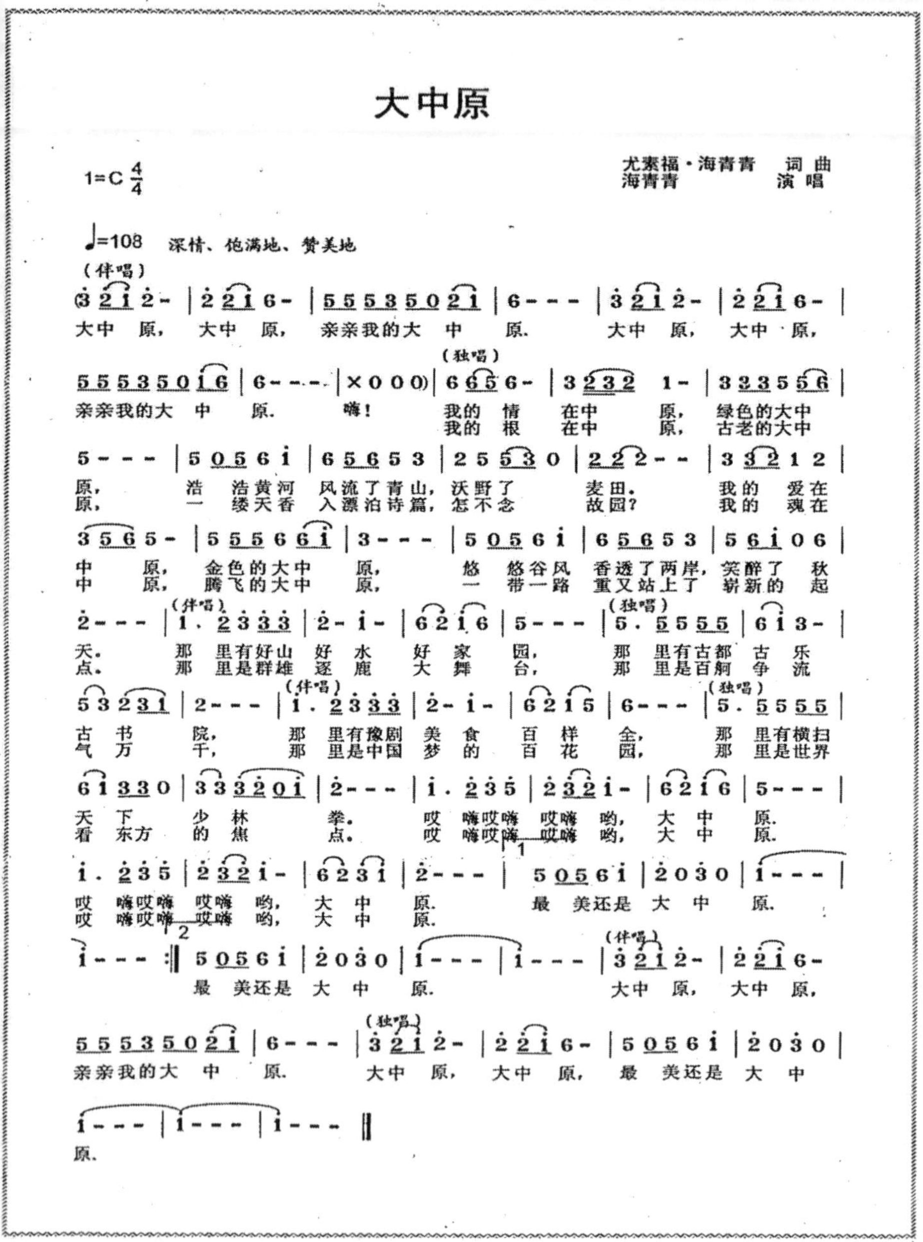

大中原

1=C $\frac{4}{4}$

尤素福·海青青 词曲
海青青 演唱

♩=108 深情、饱满地、赞美地

（伴唱）

大中原，大中原，亲亲我的大 中 原. 大中原，大中·原，

亲亲我的大 中 原. 嗨！（独唱）我的 情 在中 原，绿色的大中
我的 根 在中 原，古老的大中

原， 浩 浩黄河 风流了青山，沃野了 麦田. 我的 爱在
原， 一 缕天香 入漂泊诗篇，怎不念 故园？ 我的 魂在

中 原，金色的大中 原， 悠 悠谷风 香透了两岸，笑醉了 秋
中 原，腾飞的大中 原， 一 带一路 重又站上了 崭新的 起

天. （伴唱）那 里有好山 好 水 好 家 园，（独唱）那 里有古都 古 乐
点. 那 里是群雄 逐 鹿 大 舞 台， 那 里是百舸 争 流

古 书 院，（伴唱）那 里有豫剧 美 食 百 样 全，（独唱）那 里有横扫
气 万 千， 那 里是中国 梦 的 百 花 园， 那 里是世界

天 下 少 林 拳. 哎 嗨哎嗨 哎嗨 哟，大 中 原.
看 东方 的 焦 点. 哎 嗨哎嗨 哎嗨 哟，大 中 原.

哎 嗨哎嗨 哎嗨 哟，大 中 原. 最 美还是 大 中 原.
哎 嗨哎嗨 哎嗨 哟，大 中 原.

最 美还是 大 中 原. （伴唱）大中 原，大中 原，

亲亲我的大 中 原. （独唱）大中 原，大中 原，最 美还是 大 中

原.

在春天的故事里想你

1=F $\frac{4}{4}$ 女声独唱 赵大国 词

每分钟60拍 深情、思念地 张和平 曲

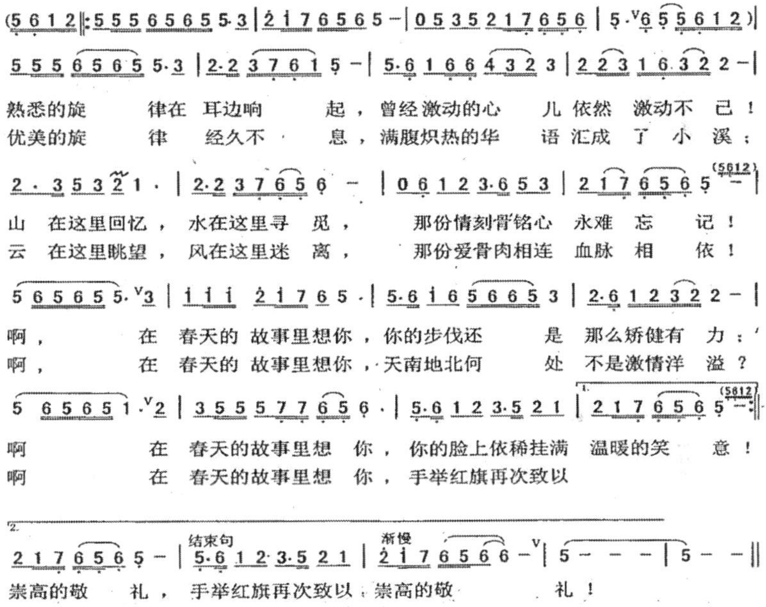

熟悉的旋律在耳边响起，曾经激动的心儿依然激动不已！
优美的旋律经久不息，满腹炽热的华语汇成了小溪；

山在这里回忆，水在这里寻觅，那份情刻骨铭心永难忘记！
云在这里眺望，风在这里迷离，那份爱骨肉相连血脉相依！

啊，在春天的故事里想你，你的步伐还是那么矫健有力；
啊，在春天的故事里想你，天南地北何处不是激情洋溢？

啊在春天的故事里想你，你的脸上依稀挂满温暖的笑意！
啊在春天的故事里想你，手举红旗再次致以

结束句 渐慢

崇高的敬礼，手举红旗再次致以崇高的敬礼！

赵大国（638011）四川省广安市恒升中学
张和平（726100）陕西省洛南县文化馆

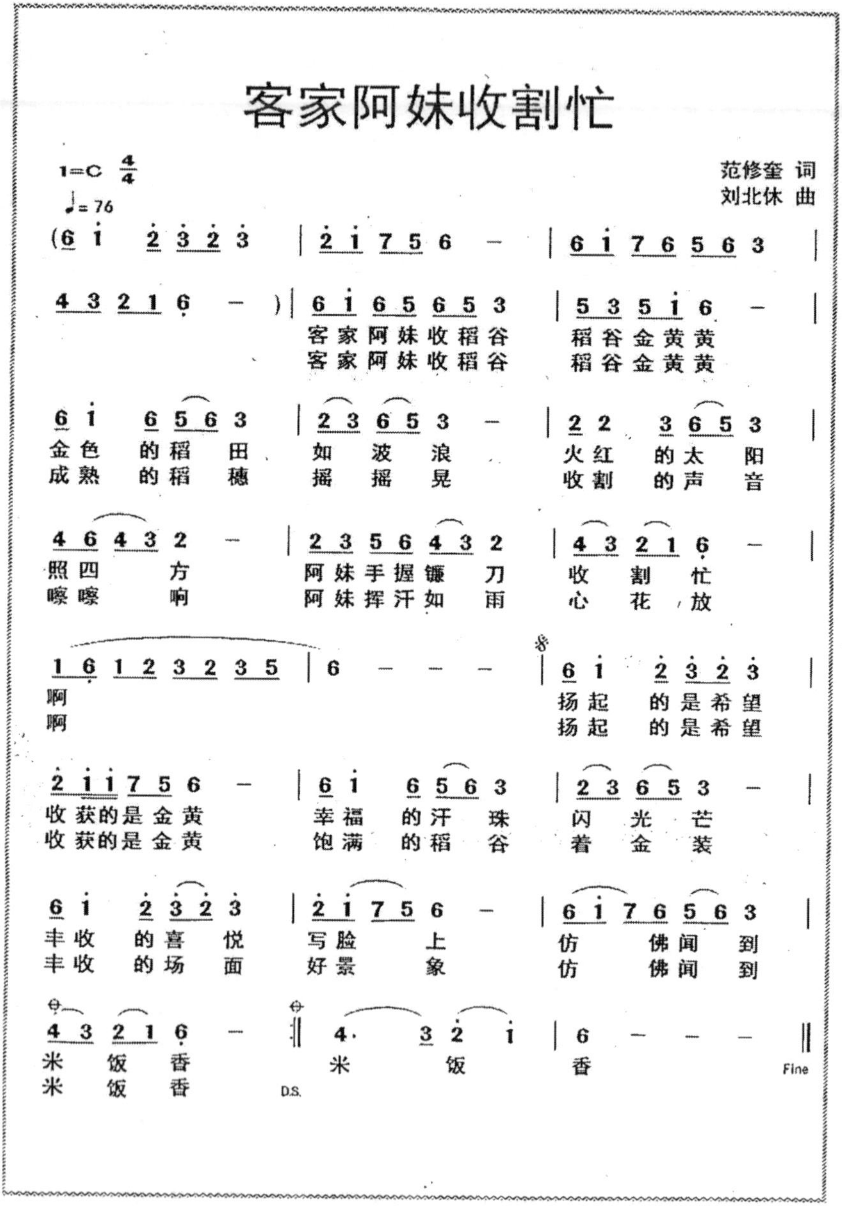

客家阿妹收割忙

1=C 4/4
♩=76

范修奎 词
刘北休 曲

(6 1 2 3 2 3 | 2 1 7 5 6 — | 6 1 7 6 5 6 3 |

4 3 2 1 6 —) | 6 1 6 5 6 5 3 | 5 3 5 1 6 — |
客家阿妹收稻谷 稻谷金黄黄
客家阿妹收稻谷 稻谷金黄黄

6 1 6 5 6 3 | 2 3 6 5 3 — | 2 2 3 6 5 3 |
金色 的稻 田 如 波 浪 火红 的太 阳
成熟 的稻 穗 摇 摇 晃 收割 的声 音

4 6 4 3 2 — | 2 3 5 6 4 3 2 | 4 3 2 1 6 — |
照四 方 阿妹手握镰 刀 收 割 忙
嚓嚓 响 阿妹挥汗如 雨 心 花 放

1 6 1 2 3 2 3 5 | 6 — — — | 6 1 2 3 2 3 |
啊 扬起 的是希望
啊 扬起 的是希望

2 1 1 7 5 6 — | 6 1 6 5 6 3 | 2 3 6 5 3 — |
收获的是金黄 幸福 的汗 珠 闪 光 芒
收获的是金黄 饱满 的稻 谷 着 金 装

6 1 2 3 2 3 | 2 1 7 5 6 — | 6 1 7 6 5 6 3 |
丰收 的喜 悦 写脸 上 仿 佛闻 到
丰收 的场 面 好景 象 仿 佛闻 到

4 3 2 1 6 — :|| 4· 3 2 1 | 6 — — — ||
米 饭 香 米 饭 香
米 饭 香
D.S. Fine

艺术人生

1=C4/4　　（男中音独唱）　　于天花 词

每分钟 68 拍 深情 感慨万千地　　钱 诚曲

mf

（1 · 76 6 - | 6 · 52 3 - | 3·3 66 6322 2 | 5·5 56 7 - |

1·1 11 75 6 | 16 12 3 - | 5·556 32 2 | 56 75 6 - ）|

3 3 · 6 3 · | 2 2 · 1 2 · | 3 3 56 6 - | 5 6 52 3 - |

世人 艺品 从古 到今，艺涯 路 走不 尽。

世人 艺术 说古 唱今，艺涯 路 很艰 辛。

1·1 11 165 6 | 5·5 56 7 - | 2·221 765 6 | 56 75 6 - :‖

为了 梦想 尝 遍甜酸苦辣 辛，水墨丹青 画乾 坤画 乾 坤。

为了 理想 风 餐露宿伴星 辰，正声雅音 传神 韵传 神 韵。

1 · 76 6 - | 2 · 12 3 - | 1·1 75 6 - | 16 12 2 - |

噢！ 噢！ 足迹 踏进 学 艺 门，

3·3 632 2 - | 56 75 3 - | 1·1 11 75 6 | 16 12 3 - |

背着 日 月 也 开 心。百花 园里 盛 开 和 谐 春，

5·5 56 32 2 | 56 75 6 - | 2 2 12 3 - | 3 - - 0 ‖

奏响 锦绣 中 华 最 强 音 最 强 音！

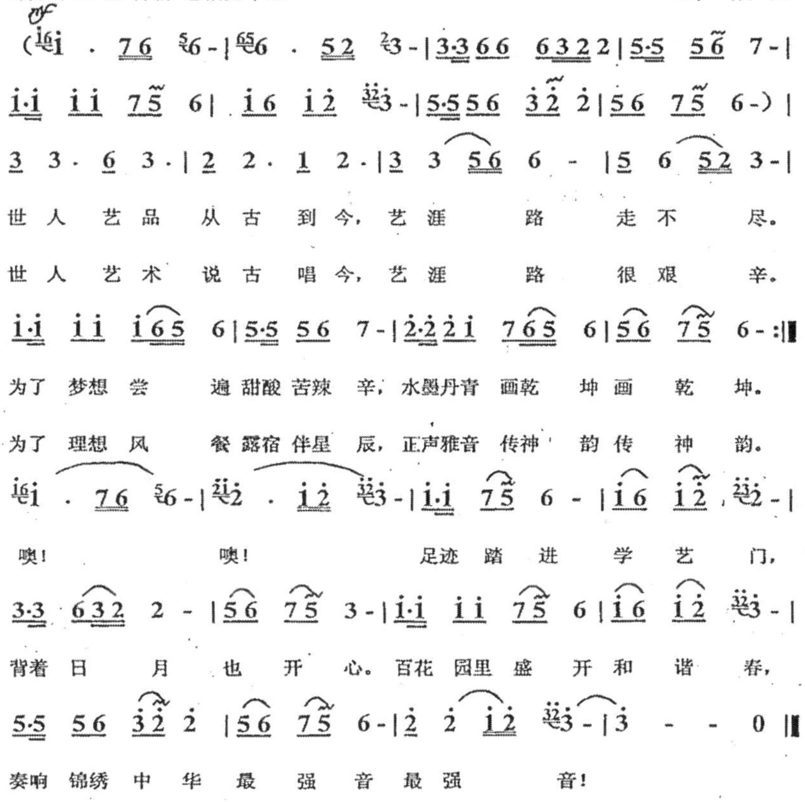

于天花 264200 山东省威海市莱西路 18 号楼 203 室 13563160652

钱 诚 243000 安徽省马鞍山市文联音乐家协会 13955550430

创作于 2015-5-18

註釋

註一 《大中原歌壇》（河南洛陽，二〇一五年總第六期），第五、六、七、八版。

註二 海青青，〈中國香〉三部曲之一，同註一，第一版。

註三 弘一大師，李叔同，譜名文濤，學名廣侯，字息霜，出家後法名弘一。一八八〇年十月二十三日生，一九四二年十月十三日圓寂。他曾說過人生「三難得」，趣者可自行查閱他的全集。

註四 海青青，〈中國香〉三部曲之二，同註一，第一、二版。

第三章 旗幟爲什麼這樣紅？

《大中原歌壇》（總第七期、二〇一六年）出刊了。發表作品的歌詞曲家有：汪茶英（江西）、孫偉（北京）、范修奎（廣東）、徐穎（江西）、黃文華（貴州）、刁長育（山東）、劉秉剛（上海）、尤素福・海青青（河南）。另外，海青青有一篇閻肅先生和《大中原歌壇》，范修奎有一篇〈歌詞有特色演唱有風格——評全能創作唱作人曾昭瑋歌曲〈幸虧沒生在古代〉〉。已譜曲的歌有以下四首（附印於後）。（註一）

何德林作詞，彭念七作曲，〈山裡的孩子愛唱歌〉（少兒歌曲）。

何德林作詞，錢誠作曲，〈請你多去窮山溝走一走〉（獨唱）。

尤素福・海青青詞曲，海青青演唱，〈請到回鄉來〉（輕快、活潑地、讚美地）。

王德清作詞、張文作曲，〈祖國萬歲〉（熱情、豪邁地）。

范修奎在評曾昭瑋歌曲〈幸虧沒生在古代〉一文，提到一首歌曲的好壞，是否能家喻戶曉，流行大街小巷，關鍵是編曲和唱腔。這當然是，但所謂好壞，有市場導向，有藝術導向。藝術性高了，便曲高和寡，難以大街小巷流行；而流行歌又總被認為藝術性低，這真是兩難。賞讀一首汪荼英的〈旗幟為什麼這樣紅〉。（註二）

一心為民眾未改變初衷，
永遠走在前列幹勁沒有放鬆，
領著龍的傳人譜寫中國夢，
滿腔豪情奉獻春夏和秋冬。
旗幟為什麼這樣紅？
只因為和萬眾心靈相通。
旗幟為什麼這樣紅？
只因為與家國情懷緊緊相擁。

理想信念從來不曾動搖，
永遠保持純潔牢記使命光榮，
領著華夏兒女開創新生活，
堅強核心凝聚東西南北中。
旗幟為什麼這樣紅？
只因為和人民情深意濃。
旗幟為什麼這樣紅？
只因為光輝映著老百姓的笑容。

這首歌唱出古今中外，所有的國家、政權、黨派等，之所以能長久存在並執掌權力，最根本的道理和基礎在「得民心」，吾國古聖先賢所言「得民心者得天下」，是也。這首歌詞裡有兩個基本的核心思想（信仰），領著「龍的傳人」和「華夏兒女」，這表示領導著中國正統歷史，佔領了中國政治權力的合法性，便能得民心，得全體中國人民的擁戴和支持。

反之，領導階層的屬性本質，若成為「非中國」，便無法領著「龍的傳人」和「華夏兒女」。因為這種「去中國化」的領導階層已經是「非中國」的，當然不可能得中國人之民心，失去中國人民的「認證」。

怎樣才能得十四億中國人（含台灣、港澳）之民心？以恆久執政實現中國夢。如這歌所唱「**一心爲民……和人民情深意濃**」，這樣的領導，中國人民能不愛他嗎？真是愛死他了！賞讀孫偉的〈總有一天我要回家──寫給海外留學生〉。（註三）

書山有路學海無涯，
飛洋過海志向遠大，
孜孜求學沒有時差，
幸福彼岸艱辛抵達。

別把苦惱告訴爸媽，
自己眼淚自己去擦，
天大壓力一人去扛，
別讓親人總是牽掛。

孤獨鄉愁街燈月下，
電話這端常說假話，
明明缺錢不說缺錢，
天天想家不說想家。

打工助學飯店酒吧，
品嘗人生酸甜苦辣，
寫好青春一筆一劃，
知識澆灌理想之花。

啊——
博學宏才不戀綠卡，
海外學子根在中華，
總有一天我要回家，
報效祖國報答爸媽。

說到留學生要不要回來?我便想起「台灣之命運」。台灣從以前（一九四九年後）到現在，始終流行著一句話，「來來來，來台大，去去去，去美國」。早期很流行，學子拼命考上台灣大學，都為了去美國，絕大多數一去不回。如今美國沒落了，優秀學子改「條條大路通北京」，這已非筆者「親中之言」，報紙經常用頭條在報導。

為何?說白了!此乃「台灣之命運」，天命就是一個「非久留之地」。鄭成功收回台灣為「反清復明」，日本佔領台灣為掌控亞洲建立「大日本帝國」的序章。而我尊敬的黃埔老校長　蔣公中正，建設台灣為「反攻大陸」。而現在的執政操盤下，猶如要把台灣搞成美國的文化殖民地。

而大陸不一樣，乃中華民族的生存基地，中國人永遠的根。所以，留學生知道總有一天要回家，報效祖國報答爸媽。中國現在的富強原因很多，紙短述不盡，但留學生把知識帶回來是極大貢獻。當然，中國人是聰明又勤勞的民族，只要我們覺醒，中國一定富強。賞讀范修奎的歌，〈習大大到我家〉。（註四）

習大大到農家
不封路來人人誇

走進農家打糍粑
看看養的雞和鴨
品品鄉親泡的茶
抱抱鄉鄰懷裡娃

習大大到農家
不清場來把手拉
走進農家細觀察
看看農村新變化
問問鄉親需要啥
聊聊小康大步跨

習大大到農家
不分春秋和冬夏
訪貧問苦談開發
習大大到農家

群眾冷暖他牽掛
農民富了國強大

假如筆者半生政治研究、觀察正確，習近平是中國近百年來最有全球大戰略觀的政治家，在「大戰略」這個課目上，他超越孫中山、毛澤東和蔣介石。（蔣公的大戰略觀不及老毛，這是我不忍說而要說的），證據就在「一帶一路」，三千年來中國始終只是「陸權強國」，面對西方的「海洋霸權」，毫無破解之方。如今，一帶一路發展下去，中國不僅是「陸強」，也將成為「海強」，這是實現中國夢、全球中國化的「必要條件」。

我說習大大在「大戰略」這個課目上，超越孫中山、毛澤東和蔣介石，並不是說比他們「偉大」，而是僅在「大戰略觀」這個課目素養上，習是超凡的。從他提出「中國夢」、「中華民族復興」願景，再經由「一帶一路」去實現，懂大戰略的人都看得出來，一帶一路破解了西方「海權」。（註五）而這源頭從「中國夢」提出開始，當然孫中山的「廿一世紀是中國人的世紀」也是中國夢，蔣介石的「統一中國」也是中國夢，筆者所提出「日本問題的終極處理」（註六）也是中國夢。相較之下，習的一帶一路最具有實踐力，最能實現中國夢的「最佳方案」，是最高明的「大戰略構想」，早已上路，步步實現。幾千年來都做不到的，習大大做到了。

「中國夢」是中共十八大後，習近平所提出最重要的國家發展大戰略指導。正式提出於二〇一二年十一月二十九日，習主席將「中國夢」定義為實現中華民族偉大復興。（註七）至今才幾年，中國的經濟力、高鐵、北斗系統、東風——21丁（航母殺手）等，已使美國恐懼，因而發動貿易戰、香港動亂等。然而，中國已經強起來了！中國人民清醒了，中國人的世紀到了！

旗幟為什麼這樣紅？因為中華民族正走上復興之路，中國夢在一步步進行中。當全球中國化時，你更驚艷，紅色的旗幟插滿了地球各角落，不須懷疑，中國就是這麼的紅。

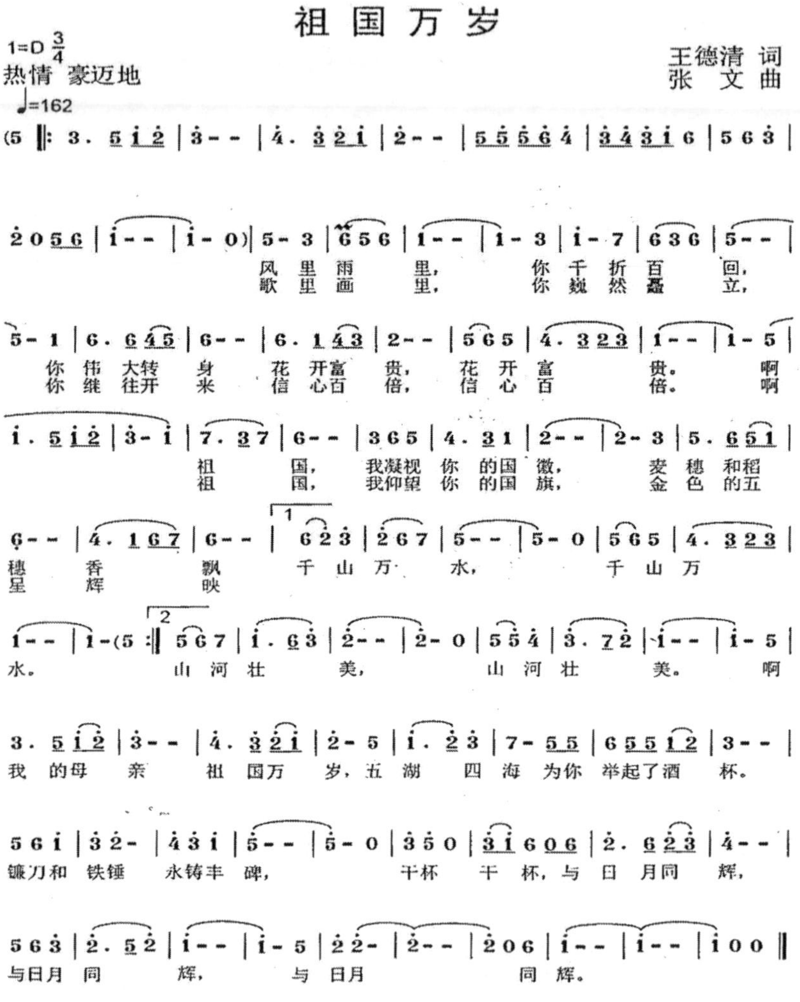

祖国万岁

1=D 3/4
热情 豪迈地
♩=162

王德清 词
张 文 曲

风里雨里，你千折百回，
歌里画里，你巍然矗立，

你伟大转身 花开富贵，花开富贵。啊
你继往开来 信心百倍，信心百倍。啊

祖国，我凝视你的国徽，麦穗和稻
祖国，我仰望你的国旗，金色的五

穗香飘 千山万水，千山万
星辉映

水。山河壮美，山河壮美。啊

我的母亲 祖国万岁，五湖四海为你举起了酒杯。

镰刀和铁锤永铸丰碑，干杯干杯，与日月同辉，

与日月同辉，与日月同辉。

王德清 地址：成都市新生路6号四川音乐学院艺术处 邮编：610021
电话：13908052379
张 文 地址：山东省枣庄八中南校 音乐组 邮编：277099
电话：13563255608 Q Q:1076284158
邮箱：zhangwen_200611@163.com

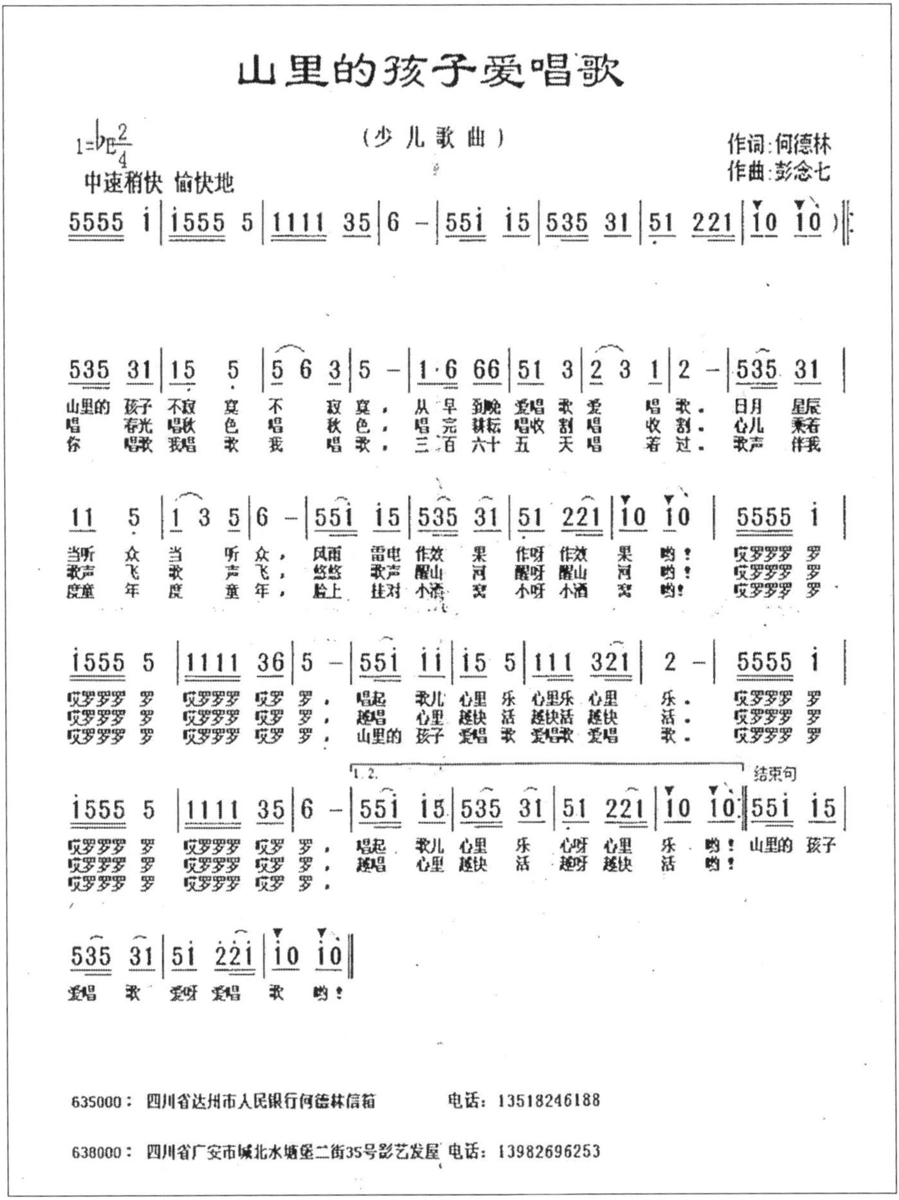

山里的孩子爱唱歌

（少儿歌曲）

1=♭E 2/4
中速稍快 愉快地

作词：何德林
作曲：彭念七

5555 i | i555 5 | 1111 35 | 6 – | 55i i5 | 535 31 | 51 221 | i0 i0) ‖:

535 31 | 15 5 | 5 6 3 | 5 – | 1·6 66 | 51 3 | 2 3 1 | 2 – | 535 31 |
山里的 孩子 不寂 寞 不 寂 寞， 从 早 到晚 爱唱 歌 爱 唱 歌。 日月 星辰
唱 春光 唱秋 色 唱 秋 色， 唱 完 耕耘 唱收 割 唱 收 割。 心儿 乘着
你 唱歌 我唱 歌 我 唱 歌， 三 百 六十 五 天 唱 着 过。 歌声 伴我

11 5 | 1 3 5 | 6 – | 55i i5 | 535 31 | 51 221 | i0 i0 | 5555 i |
当听 众 当 听 众， 风雨 雷电 作效 果 作呀 作效 果 哟！ 哎罗罗罗 罗
歌声 飞 歌 声 飞， 悠悠 歌声 醒山 河 醒呀 醒山 河 哟！ 哎罗罗罗 罗
度童 年 度 童 年， 脸上 挂对 小酒 窝 小呀 小酒 窝 哟！ 哎罗罗罗 罗

i555 5 | 1111 36 | 5 – | 55i ii | i5 5 | 111 321 | 2 – | 5555 i |
哎罗罗罗 罗 哎罗罗罗 哎罗 罗， 唱起 歌儿 心里 乐 心里乐 心里 乐。 哎罗罗罗 罗
哎罗罗罗 罗 哎罗罗罗 哎罗 罗， 越唱 心里 越快 活 越快活 越快 活。 哎罗罗罗 罗
哎罗罗罗 罗 哎罗罗罗 哎罗 罗， 山里的 孩子 爱唱 歌 爱唱歌 爱唱 歌。 哎罗罗罗 罗

1.2. 结束句
i555 5 | 1111 35 | 6 – | 55i i5 | 535 31 | 51 221 | i0 i0 :‖ 55i i5 |
哎罗罗罗 罗 哎罗罗罗 哎罗 罗， 唱起 歌儿 心里 乐 心呀 心里 乐 哟！ 山里的 孩子
哎罗罗罗 罗 哎罗罗罗 哎罗 罗， 越唱 心里 越快 活 越呀 越快 活 哟！
哎罗罗罗 罗 哎罗罗罗 哎罗 罗，

535 31 | 5i 221 | i0 i0 ‖
爱唱 歌 爱呀 爱唱 歌 哟！

635000：四川省达州市人民银行何德林信箱 电话：13518246188

638000：四川省广安市城北水塘壁二街35号彭艺发屋 电话：13982696253

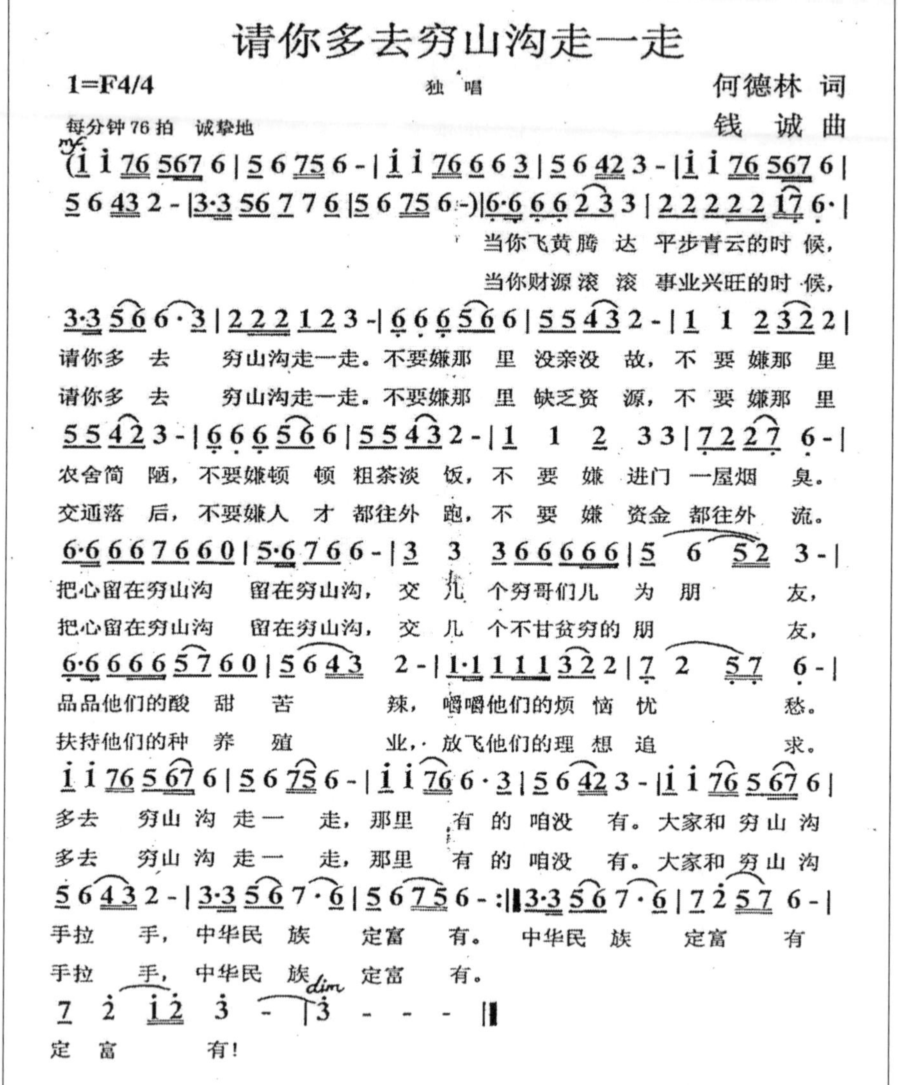

请你多去穷山沟走一走

1=F4/4　　独　唱　　何德林 词

每分钟76拍　诚挚地　　钱　诚曲

mf

(1 1 76 567 6 | 5 6 75 6 - | 1 1 76 6 6 3 | 5 6 42 3 - | 1 1 76 567 6 |

5 6 43 2 - | 3·3 56 7 7 6 | 5 6 75 6 -) | 6·6 6 6 2 3 3 | 2 2 2 2 2 17 6· |

当你飞黄腾　达　平步青云的时　候，

当你财源滚　滚　事业兴旺的时　候，

3·3 56 6 · 3 | 2 2 2 1 2 3 - | 6 6 6 56 6 | 5 5 43 2 - | 1 1 2 32 2 |

请你多　去　　穷山沟走一走。不要嫌那　里　没亲没　故，不　要　嫌那　里

请你多　去　　穷山沟走一走。不要嫌那　里　缺乏资　源，不　要　嫌那　里

5 5 42 3 - | 6 6 6 56 6 | 5 5 43 2 - | 1　1　2　3 3 | 7 2 2 7　6 - |

农舍简　陋，不要嫌顿　顿　粗茶淡　饭，不　要　嫌　进门　一屋烟　臭。

交通落　后，不要嫌人　才　都往外　跑，不　要　嫌　资金　都往外　流。

6·6 6 6 7 6 6 0 | 5·6 7 6 6 - | 3　3　3 6 6 6 6 6 | 5　6　52　3 - |

把心留在穷山沟　　留在穷山沟，　交　儿　个穷哥们儿　为　朋　　友，

把心留在穷山沟　　留在穷山沟，　交　儿　个不甘贫穷的　朋　　　友，

6·6 6 6 6 57 6 0 | 5 6 43　2 - | 1·1 1 1 1 32 2 | 7　2　57　6 - |

品品他们的酸　甜　苦　　　　辣，嚼嚼他们的烦　恼　忧　　　　愁。

扶持他们的种　养　殖　　　　业，放飞他们的理　想　追　　　　求。

1 1 76 5 67 6 | 5 6 75 6 - | 1 1 76 6 · 3 | 5 6 42 3 - | 1 1 76 5 67 6 |

多去　穷山　沟　走一　　走，那里　有　的　咱没　有。大家和　穷　山　沟

多去　穷山　沟　走一　　走，那里　有　的　咱没　有。大家和　穷　山　沟

5 6 43 2 - | 3·3 5 6 7 · 6 | 5 6 75 6 - :‖ 3·3 5 6 7 · 6 | 7 2 57 6 - |

手拉　手，中华民　族　定富　有。　中华民　族　定富　有

手拉　手，中华民　族　定富　有。

dim

7　2　1 2　3　- | 3 - - - ‖

定　富　　有！

何德林 635000 四川省达州市人民银行何德林信箱 760263138@qq.com 13518246188
钱　诚 243000 安徽省马鞍山市文联音乐家协会 563559882@qq.com 13955550430

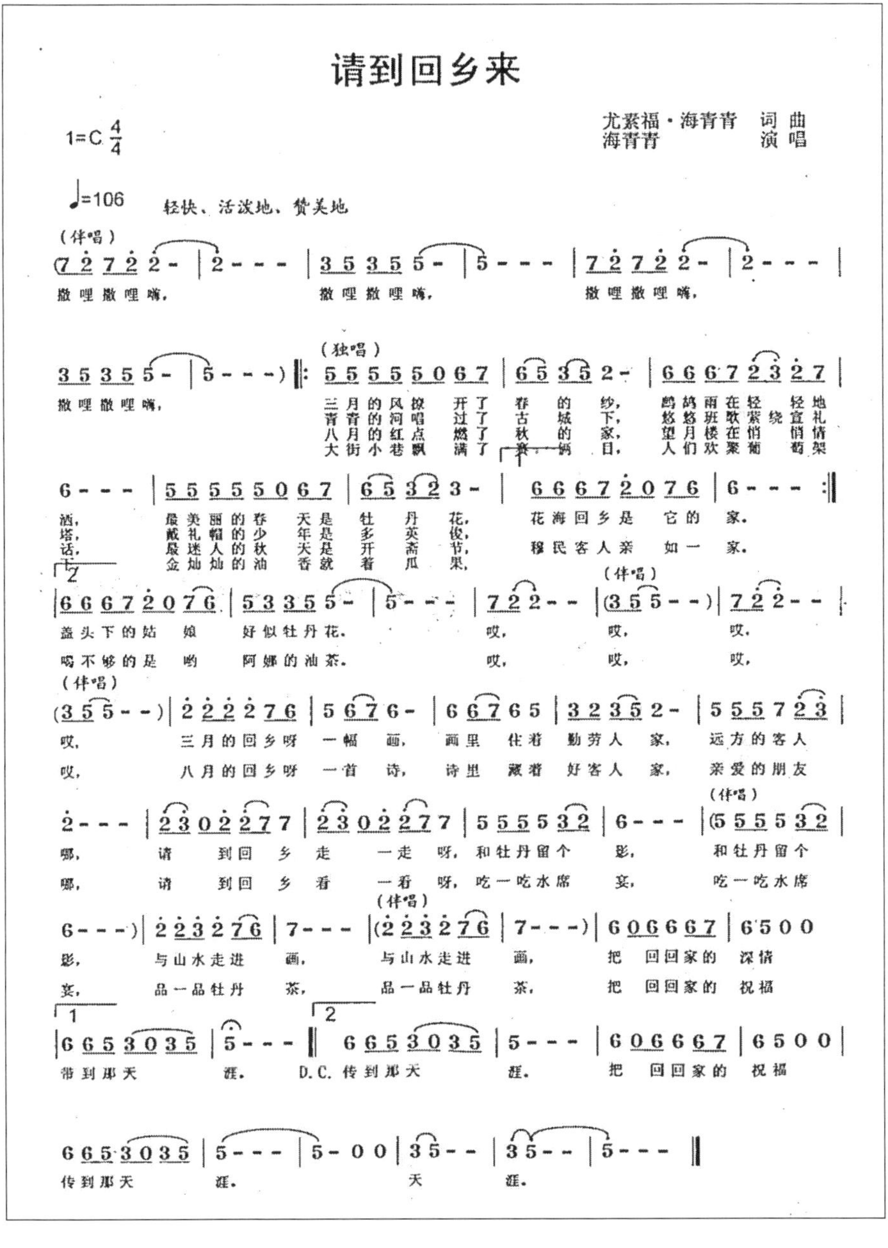

请到回乡来

1=C $\frac{4}{4}$

尤素福·海青青 词曲
海青青 演唱

♩=106 轻快、活泼地、赞美地

（伴唱）
(7 2 7 2 2 - | 2 - - - | 3 5 3 5 5 - | 5 - - - | 7 2 7 2 2 - | 2 - - - |
撒哩撒哩嘛，撒哩撒哩嘛，撒哩撒哩嘛，

（独唱）
3 5 3 5 5 - | 5 - - -) ‖: 5 5 5 5 5 0 6 7 | 6 5 3 5 2 - | 6 6 6 7 2 3 2 7 |
撒哩撒哩嘛，三月的风掠开了春的纱，鹁鸪雨在轻轻地
青青的洞唱过了古城下，悠悠班歌萦绕宣礼
八月的红点燃了秋的家，望月楼在悄悄情
大街小巷飘满了亲·俩目，人们欢聚葡萄架

6 - - - | 5 5 5 5 5 0 6 7 | 6 5 3 2 3 - | 6 6 6 7 2 0 7 6 | 6 - - - :‖
洒，最美丽的春天是牡丹花，花海回乡是它的家。
塔，戴礼帽的少年是多英俊，
话，最迷人的秋天是开斋节，移民客人亲如一家。
下，金灿灿的油香就着瓜果，

2.
6 6 6 7 2 0 7 6 | 5 3 3 5 5 - | 5 - - - | 7 2 2 - - | (3 5 5 - -) | 7 2 2 - - |
盖头下的姑娘好似牡丹花。哎，（伴唱）哎，哎，
喝不够的是哟阿娜的油茶。哎，哎，哎，

（伴唱）
(3 5 5 - -) | 2 2 2 2 7 6 | 5 6 7 6 - | 6 6 7 6 5 | 3 2 3 5 2 - | 5 5 5 7 2 3 |
哎，三月的回乡呀一幅画，画里住着勤劳人家，远方的客人
哎，八月的回乡呀一首诗，诗里藏着好客人家，亲爱的朋友

2 - - - | 2 3 0 2 2 7 7 | 2 3 0 2 2 7 7 | 5 5 5 5 3 2 | 6 - - - | (5 5 5 5 3 2 |
哪，请到回乡走一走呀，和牡丹留个影，（伴唱）和牡丹留个
哪，请到回乡看一看呀，吃一吃水席宴，吃一吃水席

6 - - -) | 2 2 3 2 7 6 | 7 - - - | (2 2 3 2 7 6 | 7 - - -) | 6 0 6 6 6 7 | 6 5 0 0 |
影，与山水走进画，（伴唱）与山水走进画，把回回家的深情
宴，品一品牡丹茶，品一品牡丹茶，把回回家的祝福

1.
6 6 5 3 0 3 5 | 5 - - - ‖
带到那天涯。D.C.

2.
6 6 5 3 0 3 5 | 5 - - - | 6 0 6 6 6 7 | 6 5 0 0 |
传到那天涯。把回回家的祝福

6 6 5 3 0 3 5 | 5 - - - | 5 - 0 0 | 3 5 - - | 3 5 - - | 5 - - - ‖
传到那天涯。天涯。

註釋

註一　《大中原歌壇》（河南洛陽，二〇一九年總第七期），第五、六、七、八版。

註二　汪茶英，〈旗幟為什麼這樣紅〉，同註一，第一版。

註三　孫偉，〈總有一天我要回家——寫給海外留學生〉，同註二。

註四　范修奎，〈習大大到我家〉，同註一，第二版。

註五　陳福成，《國家安全與戰略關係》（台北：時英出版社，二〇〇〇年三月）。「海權論」是美國地緣戰略家馬漢（Alfred Thayer Mahan,1840—1914）所提出，一九一一年出版《海權論》一書，成為美國建軍指導用書。其基本理論是控制海權，即控制全球陸權。

註六　陳福成，《日本問題的終極處理——廿一世紀中國人的天命與扶桑省建設要綱》（台北：文史哲出版社，二〇一三年七月）。

註七　陳福成，《三黨搞統——解剖共產黨、國民黨、民進黨怎樣搞統一》（台北：文史哲出版社，二〇一六年三月），第一篇第三章。

第四章　中華兒女的兒歌

《大中原歌壇》總第九期（菊花號、二〇一六年），隆重出刊了。發表作品的作詞曲家有：夏關銳（雲南）、孫偉（北京）、林藍（湖北）、韓桂倫（貴州）、范修奎（廣東）、張倫（重慶）、劉秉剛（上海）、盛中波（吉林）、王艷萍（河南）、李作華（江蘇）、尤素福・海青青（河南）。另有海青青的〈愛奔波在路上〉一文，已譜曲的歌有四首如後附印。（註一）

任衛新詞、印青曲，〈花開中國〉。

溫申武詞、張和平曲，〈人字歌〉（女聲獨唱）。

尤素福・海青青詞曲，〈歡迎你到洛陽來——〈浪漫洛陽〉三部曲之二〉。

范修奎詞、劉北休曲，〈客家阿妹收割忙〉。

前面我談了不少熱血沸騰的愛國歌曲，每一首都能鼓舞人心，引起中國人的共鳴。這一期正好有十多首兒歌，就讓我們欣賞這些可愛的兒歌，這些才是我們中華兒女童年的歌，歌裡就有中國味、中國香。王艷萍的〈從小學做孝順娃〉。（註二）

我家奶奶八十八，
腿也疼來手也麻。
媽媽端盆洗腳水，
來給奶奶洗腳丫。
搓好腳背按腳心，
洗好腳丫剪指甲。
我給奶奶洗襪子。
從小學做孝順娃。

親情是眾生（人類及其他物種，如獅、虎、象、犬、熊……）共有且本有的情感，此應無疑問。惟所差別只在親、疏的程度，例如在美國，孩子沒有養育父母的責任，父母老了必須去住養老院。

但在我們中國人，為父母養老送終是兒女心中「最緊要、最後的天職」，因為「孝順」是中華民族家庭家族裡，重要元素和美德，像這首詩的情境，可能只有我們中國人家庭可以見到。賞讀王艷萍另一首〈從小懂得尊長輩〉。（註三）

竹筷子，桌上擺，
再幫媽媽端飯菜。
扶著奶奶請上坐，
奶奶動筷我動筷。
從小懂得尊長輩，
我家處處充滿愛。

這讓我想起自己的小時候，家裡吃飯就如這詩所述，情境完全一模一樣，因為上代就這樣，孩子有樣學樣，做起來非常自然。中國式家庭和樂融融，極少有所謂「代溝」，親情很濃厚。

可惜！可嘆！在更早之前開始進行「去中國化」教育，鼓勵年輕一代造反。至今更徹底把台灣年輕世代「洗腦污名」，中華民族優良傳統丟光光，無數家庭親情蕩然不存，一家人分多黨派……實在說之不盡。賞讀李作華的〈洗衣裳〉。（註四）

小河水，
泛銀光，
銀光映在樹葉上。
大樹下，
多蔭涼，
我給爸爸洗衣裳。
手兒洗，
嘴兒唱，
小河彈琴彈得響。

一首可愛兒歌，也是可愛的小詩，詩歌意涵充滿著孩子懂事、勤勞、孝順的情境。

詩的技巧也很成功，把小河擬人化，流水聲形容成彈琴，極富想像力。另有一位小朋友是幫媽媽洗衣服。林藍的〈洗衣服〉。（註五）

洗衣服，我承包，
洗著衣服心情好。
媽媽每天多辛勞，
要讓媽媽幹活少。
肥皂樂得吹泡泡，
搓板樂得唱歌謠。
太陽見了微微笑：
「這個娃娃懂事早！」

這個娃兒懂事早，也要媽媽教得好，通常父母能做好身教，就能培養很好的親子關係，孩子就自然有樣學樣。這首兒歌飽涵快樂氣氛，孩子定有快樂的童年。張倫一首〈豆乖乖〉超可愛。（註六）

豆莢像睡袋，
藏著豆乖乖，
聽到太陽一聲喊，
呼地一下蹦出來。

這首兒歌應該適合幼兒園到小學三年級階段，形象極貼切，詩技巧很有創意，意象鮮活又可愛，是很好的詩歌。海青青的一首〈回族娃〉極有特色。（註七）

童聲朗誦：
倆一倆嗨，
印爛拉乎，
穆核默吨，
來蘇倫拉稀。

一

爸爸告訴我，
我是回族娃。
頭戴禮拜帽，
身穿小馬甲。
開口「色俩目」，
臉上笑哈哈。
乾淨講禮貌，
人人把我誇。

二

媽媽告訴我，
我是回族娃。
從小要聽話，
長大學文化。

團結小朋友，
回族是一家。
爸媽不圖啥？
報效大中華！

注釋：「倆一倆嗨，印爛拉乎，穆核默吨，來蘇倫拉稀。」是伊斯蘭教「清眞言」。回族群眾從小就要學習的宗教知識，有點像「兒歌」。色倆目，回族相互送出的吉祥，祝福的話。

中華民族由五十六個大小民族構成，自古以來是民族大熔爐，這是指大範圍而言。若要細加區分，可能有上百個民族，光是台灣小島就有近二十個族群，有的族剩沒幾人。基本上，台灣的少數民族區分，受到太多政治操弄，有很多不合人類學定義，有待未來統一後重新界定，學術歸學術。

海青青這首〈回族娃〉讓我想一個問題，就回族和伊斯蘭族，其實這兩者是同一民族。只是回族是已經漢化（融入中華民族），所以稱回族是中國五大民族（漢、滿、蒙、回、藏）之一。中國歷史有不少大人物是回族，如明朝思想家李贄、七下南洋的鄭和都是。

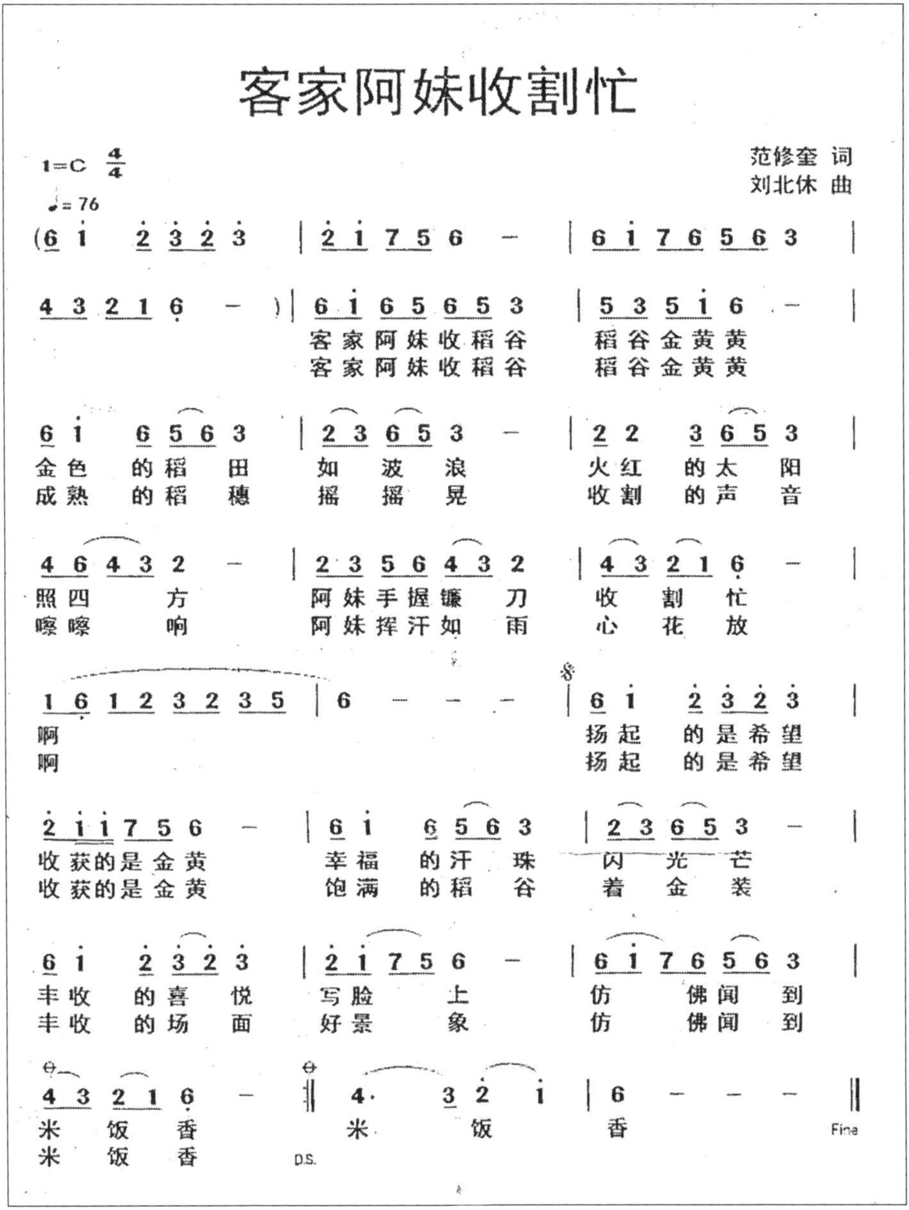

客家阿妹收割忙

1=C 4/4
♩= 76

范修奎 词
刘北休 曲

(6 1 2 3 2 3 | 2 1 7 5 6 — | 6 1 7 6 5 6 3 |
4 3 2 1 6 —) | 6 1 6 5 6 5 3 | 5 3 5 1 6 — |
客家阿妹收稻谷 稻谷金黄黄
客家阿妹收稻谷 稻谷金黄黄

6 1 6 5 6 3 | 2 3 6 5 3 — | 2 2 3 6 5 3 |
金色 的稻 田 如 波 浪 火红 的太 阳
成熟 的稻 穗 摇 摇 晃 收割 的声 音

4 6 4 3 2 — | 2 3 5 6 4 3 2 | 4 3 2 1 6 — |
照四 方 阿妹手握镰 刀 收 割 忙
嘹嘹 响 阿妹挥汗如 雨 心 花 放

1 6 1 2 3 2 3 5 | 6 — — — | 𝄋 6 1 2 3 2 3 |
啊 扬起 的是希望
啊 扬起 的是希望

2 1 1 7 5 6 — | 6 1 6 5 6 3 | 2 3 6 5 3 — |
收获的是金黄 幸福 的汗 珠 闪 光 芒
收获的是金黄 饱满 的稻 谷 着 金 装

6 1 2 3 2 3 | 2 1 7 5 6 — | 6 1 7 6 5 6 3 |
丰收 的喜 悦 写脸 上 仿 佛闻 到
丰收 的场 面 好景 象 仿 佛闻 到

⊕ 4 3 2 1 6 — ‖ ⊕ 4· 3 2 1 | 6 — — — ‖
米 饭 香 米 饭 香 Fine
米 饭 香 D.S.

但稱「伊斯蘭族」則漢化程度較低，還沒找到自己在中華民族這個大家庭中的定位，對「中國」的國家認同，尚處「半生不熟」階段。伊斯蘭族目前正加速漢化中，只有加速漢化才能共享中國夢。

「**團結小朋友／回族是一家／爸媽不圖啥／報效大中華**」。這才是完完全全中華民族五十六族之一，不論哪一族都是中國人，都要以中國人為榮。

龙门石窟

歌曲《花开中国》是2013年中国第31届洛阳牡丹文化节大型晚会上的压轴原创歌曲，由著名作曲家印青作曲、著名词作家任卫新作词、著名青年歌唱家王丽达演唱。印青代表作有《走进新时代》《江山》《走向复兴》《天路》等。任卫新创作歌词千余首，其中《永远是朋友》等歌曲广为流传。王丽达在2010年第十四届全国青年歌手电视大奖赛民族唱法专业组比赛中荣获金奖。

歌词简洁凝练，含蓄悠长，旋律新颖流畅，大气磅礴。

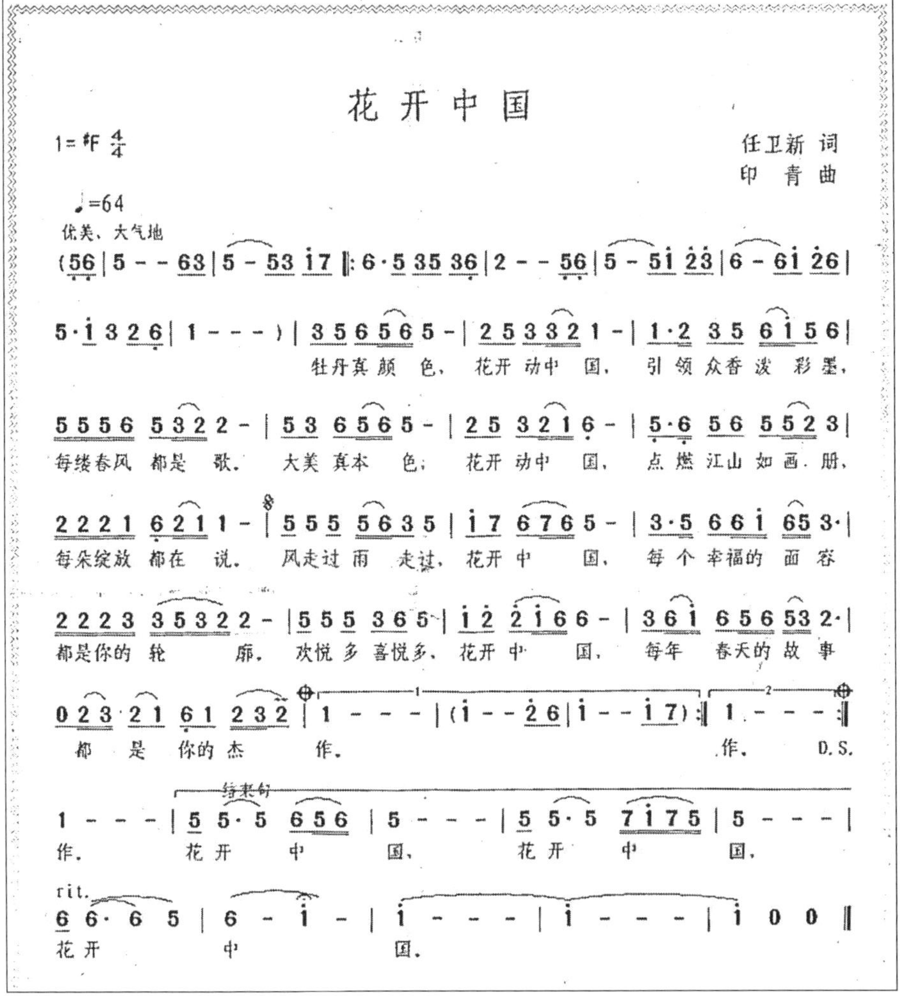

花开中国

1= ♭F $\frac{4}{4}$

任卫新 词
印 青 曲

♩=64
优美、大气地

(56 | 5 - - 63 | 5 - 53 i7 ‖: 6·5 35 36 | 2 - - 56 | 5 - 5i 23 | 6 - 6i 26 |

5·i 3 2 6 | 1 - - -) | 3 5 6 5 6 5 - | 2 5 3 3 2 1 - | 1·2 3 5 6 i 5 6 |
牡丹真颜色，花开动中国，引领众香泼彩墨，

5 5 5 6 5 3 2 2 - | 5 3 6 5 6 5 - | 2 5 3 2 1 6 - | 5·6 5 6 5 5 2 3 |
每缕春风都是歌。大美真本色；花开动中国，点燃江山如画册，

2 2 2 1 6 2 1 1 - | 5 5 5 5 6 3 5 | i 7 6 7 6 5 - | 3·5 6 6 i 6 5 3· |
每朵绽放都在说。风走过雨走过，花开中国，每个幸福的面容

2 2 2 3 3 5 3 2 2 - | 5 5 5 3 6 5 | i 2 2 i 6 6 - | 3 6 i 6 5 6 5 3 2· |
都是你的轮廓。欢悦多喜悦多，花开中国，每年春天的故事

0 2 3 2 1 6 1 2 3 2 | 1 - - - | (i - - 2 6 | i - - i 7) :‖ 1 - - - :‖
都是你的杰作。作。D.S.

1 - - - | 5 5·5 6 5 6 | 5 - - - | 5 5·5 7 i 7 5 | 5 - - - |
作。花开中国，花开中国，

rit.
6 6·6 5 | 6 - i - | i - - - | i - - - | i 0 0 ‖
花开中国。

人字歌

1 = D 4/4　　　女声独唱　　　温中武 词

每分钟76拍　深情地　　　张和平 曲

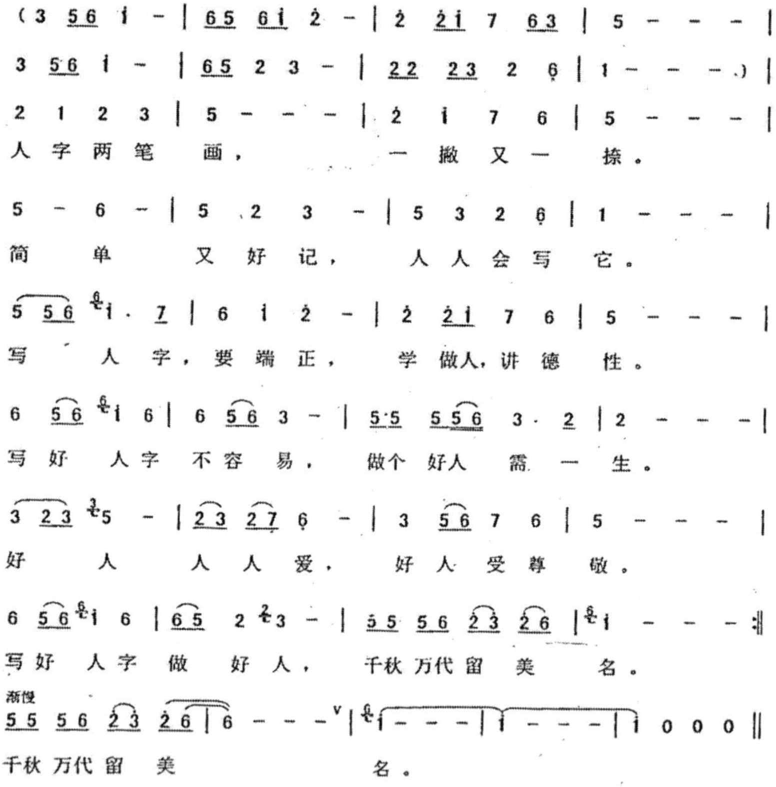

(3 56 1 - | 65 61 2 - | 2 21 7 63 | 5 - - - |

3 56 1 - | 65 2 3 - | 22 23 2 6 | 1 - - -) |

2 1 2 3 | 5 - - - | 2 1 7 6 | 5 - - - |

人字两笔画，一撇又一捺。

5 - 6 - | 5 2 3 - | 5 3 2 6 | 1 - - - |

简单又好记，人人会写它。

5 56 1 . 7 | 6 1 2 - | 2 21 7 6 | 5 - - - |

写人字，要端正，学做人，讲德性。

6 56 1 6 | 6 56 3 - | 5·5 556 3 . 2 | 2 - - - |

写好人字不容易，做个好人需一生。

3 23 5 - | 23 27 6 - | 3 56 7 6 | 5 - - - |

好人人人爱，好人受尊敬。

6 56 1 6 | 65 2 3 - | 55 56 23 26 | 1 - - - :||

写好人字做好人，千秋万代留美名。

渐慢

55 56 23 26 | 6 - - - ∨ | 1 - - - | 1 - - - | 1 0 0 0 ||

千秋万代留美名。

温中武（726000）陕西省商洛市商州区广电中心

张和平（726100）陕西省洛南县文化馆

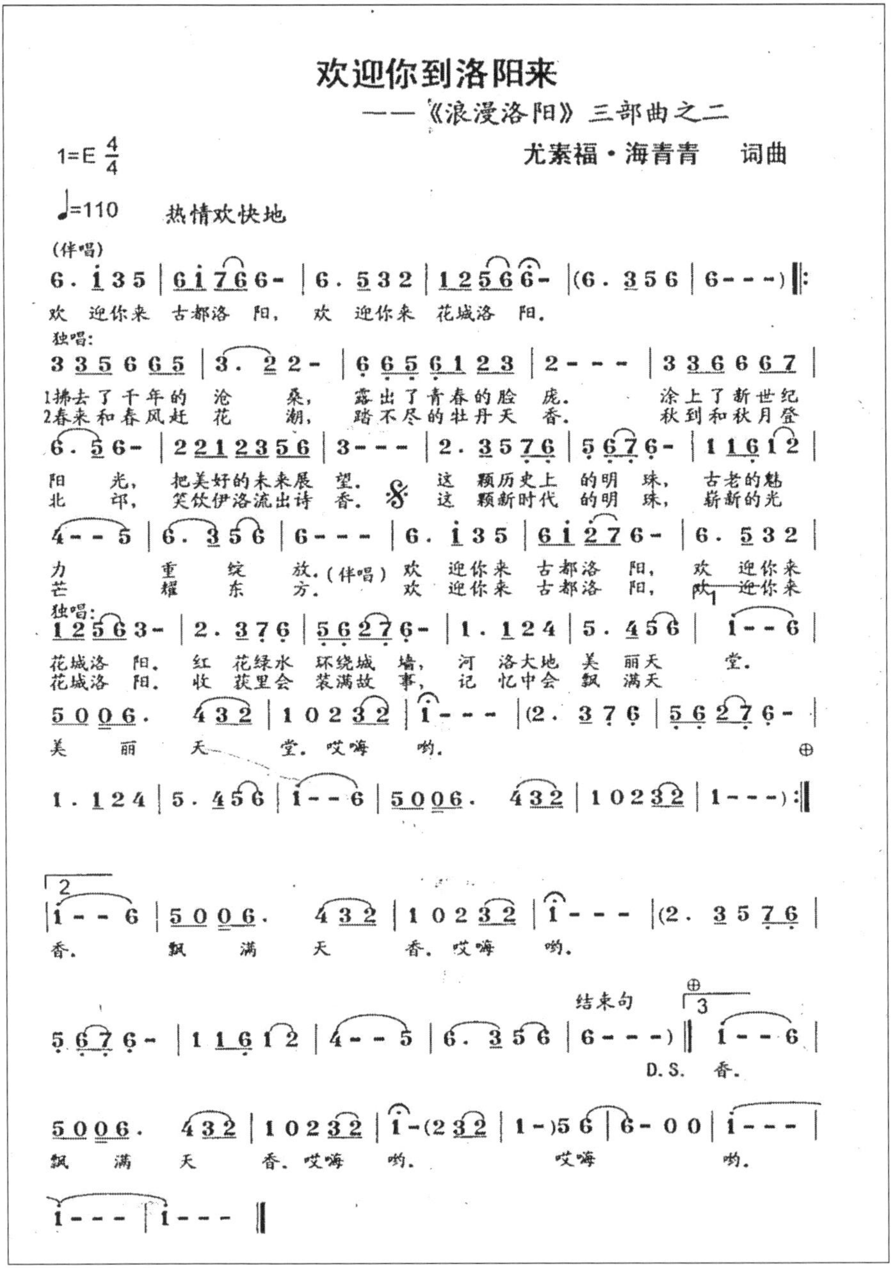

欢迎你到洛阳来

——《浪漫洛阳》三部曲之二

1=E 4/4

尤素福·海青青 词曲

♩=110 热情欢快地

(伴唱)

欢 迎你来 古都洛 阳, 欢 迎你来 花城洛 阳.

独唱:

1拂去了千年的 沧 桑, 露出了青春的脸 庞. 涂上了新世纪

2春来和春风赶 花 潮, 踏不尽的牡丹天 香. 秋到和秋月登

阳 光, 把美好的未来展 望. 这 颗历史上 的明 珠, 古老的魅

北 邙, 笑饮伊洛流出诗 香. 这 颗新时代 的明 珠, 崭新的光

力 重 绽 放.(伴唱)欢 迎你来 古都洛 阳, 欢 迎你来

芒 耀 东 方. 欢 迎你来 古都洛 阳, 欢 迎你来

独唱:

花城洛 阳. 红 花绿水 环绕城 墙, 河 洛大地 美 丽天 堂.

花城洛 阳. 收 获里会 装满故 事, 记 忆中会 飘 满天

美 丽 天 堂. 哎嗨 哟.

香. 飘 满 天 香. 哎嗨 哟.

结束句

D.S. 香.

飘 满 天 香. 哎嗨 哟. 哎嗨 哟.

註釋

註一　《大中原歌壇》（河南洛陽：二〇一六年總第九期），第五、六、七、八版。

註二　王艷萍，〈從小學做孝順娃〉，同註一，第三版。

註三　王艷萍，〈從小懂得尊長輩〉，同註二。

註四　李作華，〈洗衣裳〉，同註二。

註五　林藍，〈洗衣服〉，同註一，第二版。

註六　張倫，〈豆乖乖〉，同註五。

註七　海青青，〈回族娃〉，同註二。

第五章　海青青大戲河南

《大中原歌壇》（第十、十一期合刊），二〇一七年（牡丹號）同時出刊了。發表作品的作詞曲家有：趙國偉（黑龍江）、刁長育（山東）、林佳煒（福建）、尤素福・海青青（河南）、阮文（安徽）、李艷華（河北）、梁臨芳（浙江）、王艷萍（河南）、劉秉剛（上海）、張曉天（山東）。另外，海青青有〈我永遠的先生〉一文，本刊已譜曲成歌的作品如下：（註一）

杜寶華詞、錢誠曲，〈去鄉下走走〉。

賀東久詞、印青曲，〈牡丹盛開的故鄉〉（宋祖英演唱）。

郝藝英詞、錢誠曲，〈我穿軍裝照張相〉。

范修奎詞、段鶴聰曲，〈習大大到農家〉（群眾歌曲、齊唱、獨唱）。

海青青詞、汪德崇曲，〈武術奇葩《回回拳》〉。

真是佩服海青青詩、歌雙全的才華，在我所認識的中國兩岸詩人，能寫詩便不寫歌，能歌者不作詩，詩歌或許互通，但詩人又能寫歌，又能譜曲，海青青可能是詩壇歌壇第一人。而能詩、能歌、能作曲，又同時能主持詩壇和歌壇兩種雜誌，海青青可能是這個星球上，獨一無二，天下唯一人。

我對海青青的讚嘆尚不止於此，他並不是什麼富有的人！做個小生意，生活過得去，如此而已。但他除辦兩個雜誌（沒有外援），最可貴的他以回族人、中國人為榮，他的努力，也是為中華民族偉大的復興，為實現中國夢而歌、而詩、而頌！他的使命感感動太多人了！

我和海青青非親非故，只不過多年前在洛陽一面之緣，我有必要如此讚嘆、讚頌他嗎？因為他的使命感與我心神相通。他做的事會感動中國詩壇歌壇，感動千里外小島上的我。就先賞讀一首這期的作品，趙國偉的〈跟著春風走〉。（註二）

跟著春風走，拉著春風手，
一幅幅美景伴隨在左右。

黃鸝登枝頭，帆影順江，
山外青山放眼望身邊樓外樓。
跟著春風走，春雨潤心頭，
一首首好歌咋也聽不夠。
深情茉莉花，遼闊信天游，
玉門關外添新柳絲路披錦綉。

跟著春風走，正是好時候，
杏花朵朵入畫來開在家門口。
走出羊腸道，紅日正當頭，
帶著夢想大步邁小康在招手。
跟著春風走，春水向東流，
一片宏圖繪盛世一步一層樓。

高鐵通四方，巨輪連五洲，
復興大業看今朝兒女更風流。

一首好歌也是一首好詩，有好幾層次意涵，說春風即非春風，是名春風。歌裡的「春風」意象讓人有很多想像，最鮮明是顯示了現在中國大地氣氛，如日之東升，社會逐漸進入小康局面。「**跟著春風走／拉著春風手／一幅幅美景伴隨在左右……帶著夢想大步邁小康在招手**」。所以，這個春風是一種普遍的「中國風」，是中國崛起一股勁道十足的潮流風。

這種風，如今不光在神州大地吹，也正在吹遍整個地球。「**跟著春風走……高鐵通四方，巨輪連五洲／復興大業看今朝兒女更風流**」。所以，這股春風也是「全球中國風」，中國人口佔全球四分之一，非洲已被叫「中國的第二個大陸」，全球中國風已是指日可待了。賞讀刁長育〈俺是山東娃〉。（註三）

生在黃河岸邊，
長在泰山腳下。

石階上磕打剛強，
腳窩裡滲出文化。

家住三孔聖地，
常在沂蒙玩耍。
爸爸講人貴擔當，
爺爺說孝行天下。

俺是山東娃，
從小愛聽話。
仁義禮智信，
伴隨俺長大。

俺是山東娃，
人小志氣大。

發奮做棟梁，
報效咱中華。

好個人小志氣大的山東娃，長大要報效咱中華。像這樣的歌詞（詩句）讓我很感慨，我是研究「中國學」的人，五千年二十四朝代不敢說「全通了」，至少該理解的大致理解。從童謠、童歌，大致便知道朝代興衰。這個時代的娃娃能說出「報效咱中華」，中華民族的復興就更真實了，更證明這一代中國人的清醒。

「三孔」是孔府、孔廟、孔林，這裡是中國人的聖地，中國文化文明的象徵，歷代政權以「尊孔」代表正統性，失去正統的合法性，便失去中國人民的支持。今日台灣的「去中國化」，猶如把孔子打入「外國人」。可預見未來，任何形式的台獨，必引來全體中國人的征討，呆丸郎將走向孤立貧窮的困境。賞讀海青青的《大美河南》三部曲之二。（註四）

一

中華氣派大梨園，

別樣風景看河南，
豫劇越調二夾弦，
梆子聲聲敲心坎。敲心坎！

《穆桂英掛帥》《花槍緣》，
《大祭桩》《紅娘》《花木蘭》，
多少故事？
多少傳奇？
在黃河兩岸一年年上演。
哪呀咿呀嗨，
嗯呀哪呀嗨，
這就是河南大戲。
哪呀咿呀嗨，
嗯呀哪呀嗨，
這就是大戲河南。

傳承了中華民族的氣節，
弘揚了華夏文明的璀璨。

二

戲比天大常香玉，
悲劇還屬崔蘭田。
新芳馬琪海連池，
小梅一枝笑春天。笑春天！

《陳三兩爬堂》《卷席筒》，
《寇准背靴》呀《閻家灘》，
多少人物？
多少恩怨？
在神州大地一部部上演。
哪呀咿呀嗨，

嗯呀哪呀嗨，
這就是河南大戲。
哪呀咿呀嗨，
嗯呀哪呀嗨，
這就是大戲河南。
唱出了咱河南人的氣慨，
吼出了父老鄉親的祈盼。

三

《風雨故園》《焦裕祿》，
《朝陽溝》呀《劉胡蘭》，
《天下父母》《雙美讚》，
《聖哲老子》《扒瓜園》。《扒瓜園》！
《白奶奶醉酒》《抱琵琶》，

《諸葛亮吊孝》《失空斬》，
多少淚水？
多少悲嘆？
在世界舞台一次次上演。
哪呀咿呀嗨，
嗯呀哪呀嗨，
這就是河南大戲。
哪呀咿呀嗨，
嗯呀哪呀嗨，
這就是大戲河南。
如今的大中原好戲連台，
世界目光正聚焦大河南。

中華氣派大梨園，
豫韵流芳氣萬千，

生生不息梆子情，
河南戲曲代代傳。代代傳！

這首〈大美河南〉三部曲之二，狹義而言是河南地方戲曲發展史，廣義而言是中國文明文化的一小部沿革。對生長在河南的人或劇、戲曲家，大致可以理解，但對「生長在台灣的中國人」，可能大多是陌生的。針對較少聽聞者，簡略說明。

《花槍緣》，根據河南傳統豫劇《對花槍》改編而來，世傳豫劇五大名旦是：陳素真、常香玉、崔蘭田、馬金鳳、閻立品。

《大祭樁》，原名《火焰駒》，豫劇傳統劇目，常香玉代表劇目之一。講述吾國宋代李綬之子李彥貴和黃璋之女黃桂英故事，歷來很受歡迎。其中〈坐樓〉和〈打路〉是久演不衰的唱段。

《陳三兩爬堂》，明朝進士李久經被奸臣陷害致死，其女李淑萍為埋葬雙親、教養弟弟，自賣入青樓，改姓陳。但她才華橫溢，志不賣身，只賣詩文，每篇賣三銀兩，故叫陳三兩。

《卷席筒》，又名《白玉簪》或《斬張蒼》等。河南傳統劇目，也流行於湖北。前身由「河南曲子」而來，又有南陽曲子（大調曲子）和洛陽曲子（小調曲子）之分。故事內容是唐代登封縣曹家灣村曹保山家庭，一些悲喜傳奇。

《寇准背靴》，寇准是北宋名臣，眾所皆知的忠臣，講述寇准發現詐死的楊延昭的故事。這故事在民間流傳很廣，也拍成電影。

《風雨故園》，豫劇，一九九一年徐耿執導電影，「風雨故園」是多義詞，有很多同名故事。

《焦裕祿》，焦裕祿，山東淄博山縣北崮山村人。一九二二年八月十六日生，一九六四年五月十四日謝世。他是中國共產黨革命烈士，人民尊敬的對象。

《朝陽溝》，編劇家楊蘭春於一九五八年創作之豫劇作品，是現代豫劇的經典代表，講述青年的農村故事，以河南省朝陽溝為背景。

《劉胡蘭》，劉胡蘭，山西省文水縣雲周西村人。一九三二年十月八日生，一九四七年一月十二日辭世。中共地下工作人員、革命烈士。

《扒瓜園》，河南越調劇目，原是四平調劇目，一九六四年由范縣四平調劇團首演。一九六五年由張木林、路繼賢（即張路），整理成河南越調演出。

《白奶奶醉酒》，由毛愛蓮、任宏恩、杜朝陽主演的喜劇、古裝、戲曲，經典電影，一九八一年上演。

《失空斬》，京劇傳統劇目，由《失街亭》、《空城計》、《斬馬謖》的合稱，三國演義的熱門段，千百年來演不止息。

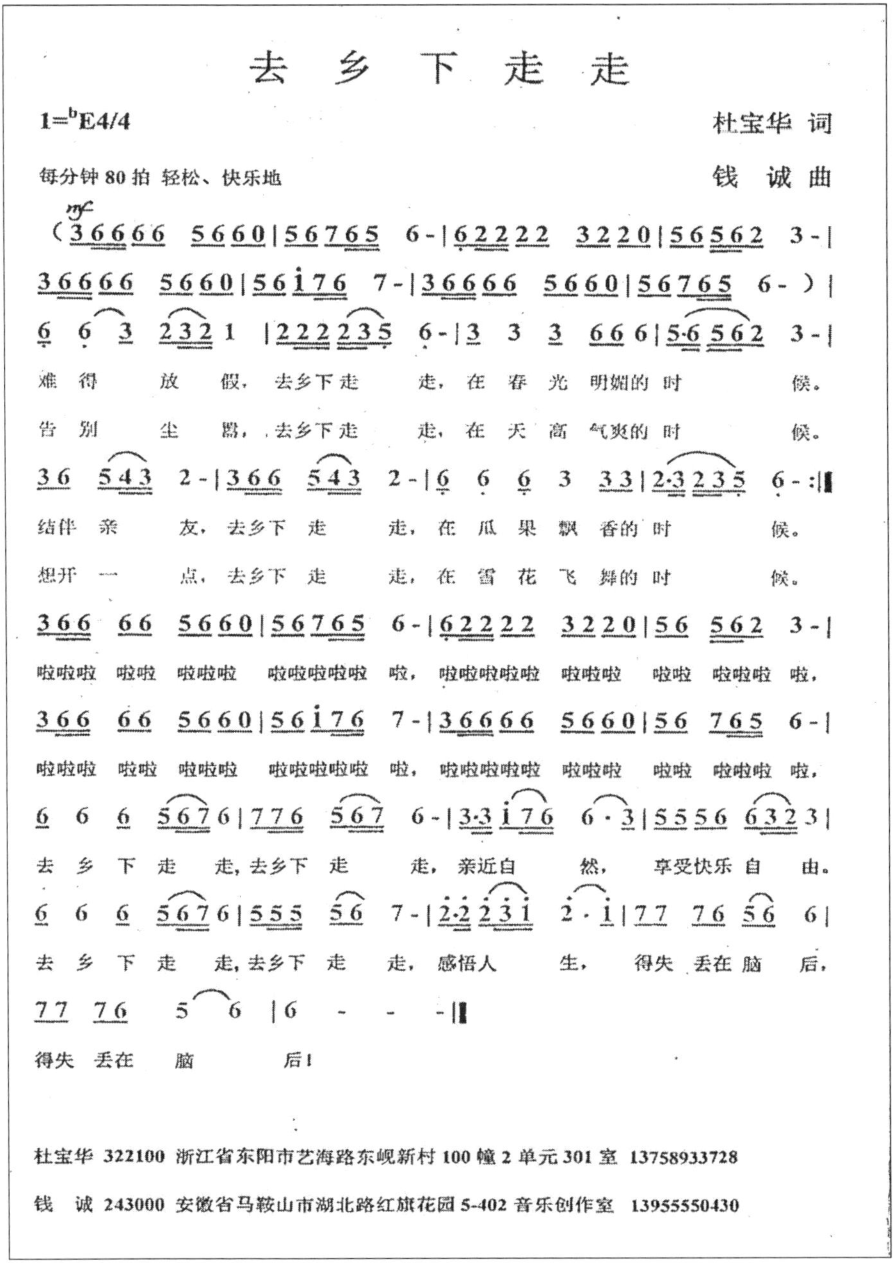

去乡下走走

1=♭E 4/4

杜宝华 词

钱 诚 曲

每分钟 80 拍 轻松、快乐地

mf

(3 6666 5660 | 56765 6 - | 62222 3220 | 56562 3 - |

36666 5660 | 56 i 76 7 - | 36666 5660 | 56765 6 -) |

6 6 3 2321 | 222235 6 - | 3 3 3 666 | 5·6562 3 - |

难 得 放 假，去乡下走 走，在 春 光 明媚的 时 候。

告 别 尘 嚣，去乡下走 走，在 天 高 气爽的 时 候。

36 543 2 - | 366 543 2 - | 6 6 6 3 33 | 2·3235 6 - :‖

结伴 亲 友，去乡下 走 走，在 瓜 果 飘 香的 时 候。

想开 一 点，去乡下 走 走，在 雪 花 飞 舞的 时 候。

366 66 5660 | 56765 6 - | 62222 3220 | 56 562 3 - |

啦啦啦 啦啦 啦啦啦 啦啦啦啦啦 啦，啦啦啦啦啦 啦啦啦 啦啦 啦啦啦 啦，

366 66 5660 | 56 i 76 7 - | 36666 5660 | 56 765 6 - |

啦啦啦 啦啦 啦啦啦 啦啦啦啦啦 啦，啦啦啦啦啦 啦啦啦 啦啦 啦啦啦 啦，

6 6 6 5676 | 776 567 6 - | 3·3 i 76 6 · 3 | 5556 6323 |

去 乡 下 走 走，去乡下 走 走，亲近自 然， 享受快乐 自 由。

6 6 6 5676 | 555 56 7 - | 2·2231 2 · i | 77 76 56 6 |

去 乡 下 走 走，去乡下 走 走，感悟人 生， 得失 丢在 脑 后，

77 76 5 6 | 6 - - - ‖

得失 丢在 脑 后！

杜宝华 322100 浙江省东阳市艺海路东岘新村 100 幢 2 单元 301 室 13758933728

钱 诚 243000 安徽省马鞍山市湖北路红旗花园 5-402 音乐创作室 13955550430

龙门石窟

歌曲《牡丹盛开的故乡》是2008年河南省第26届洛阳牡丹花会庆典大型晚会上的压轴原创歌曲，由著名作曲家印青作曲、著名军旅诗人、词作家贺东久作词、著名歌唱家宋祖英演唱。印青代表作有《走进新时代》《江山》《走向复兴》《天路》等。贺东久著作甚丰，其中《芦花》、《莫愁啊，莫愁》等歌曲广为流传。

歌词如诗，一看就知道是一位诗人的作品。旋律亲切自然，像洛阳人在向远方的朋友，娓娓述说着牡丹花开之际的激动心情和美丽向往。

牡丹盛开的故乡

（宋祖英演唱）

1=♯F 4/4 6/4

贺东久 词
印 青 曲

千花之秀，百花之王，赏花在东方。
傲放中华第一枝，染得风香云香山水香。

千里访秀，万里寻芳，相聚在洛阳。
心手相握花引路，铺开新天新地新画廊。

这是春暖花开花开的时光，这里到处都有美丽的遐想。
年年都有一个幸福的约会，就在这牡丹盛开盛开的故乡，
盛开的故乡。盛开的故乡。
牡丹啊牡丹，盛开的故乡。

致乐制谱

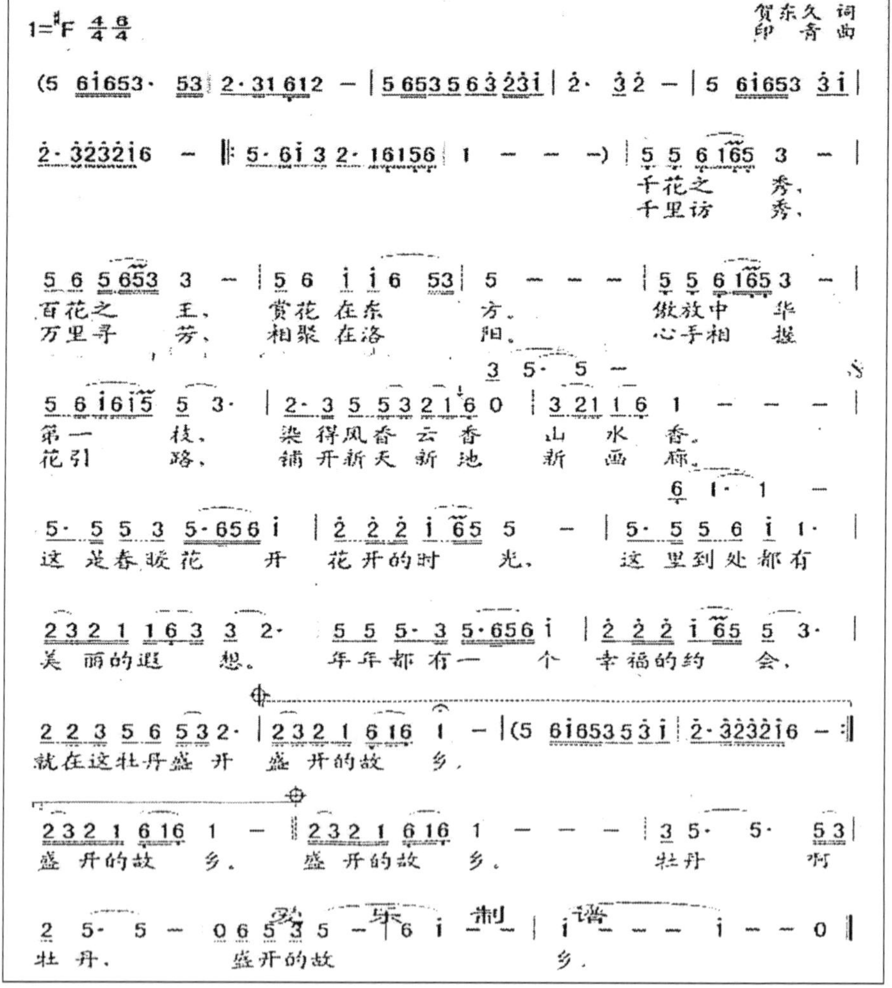

我穿军装照张相

1=D2/4

郝艺英 词

钱 诚 曲

每分钟110拍 快乐 自豪地

(1 1 1 | 2 1 | 7 67 | 1 - | 55 55 | 66 60 | 40 32 | 3 - |
1 1 1 | 2 1 | 7 61 | 2 - | 55 55 | 66 60 | 70 67 | 1 -) |
5 5 | 5 5 5 | 5 32 | 1 - | 2 2 3 | 5 31 | 2 - | 2 0 |

当 兵来到了部队 上， 心里 多欢 畅，

当 兵来到了部队 上， 心里 多欢 畅，

当 兵来到了部队 上， 心里 多欢 畅，

当 兵来到了部队 上， 心里 多欢 畅，

5 5 5 | 5 5 | 1 45 | 6 - | 22 22 | 55 50 | 40 32 | 5 - |

美好的愿 望实现 了， 我穿 军装照张相 照 张 相。

美好的愿 望实现 了， 我穿 军装照张相 照 张 相。

美好的愿 望实现 了， 我穿 军装照张相 照 张 相。

美好的愿 望实现 了， 我穿 军装照张相 照 张 相。

11 11 | 2 1 | 77767 | 1 - | 55 55 | 66 60 | 50 42 | 3 - |

营房 旁绿 树挺 拔， 我在 这里 照一 张 照 一 张。

练 兵 场 上青春 飞 扬， 我在 这里 照一 张 照 一 张。

哨 卡 迎 来 初升的太 阳， 我在 这里 照一 张 照 一 张。

11 11 | 2 1 | 77761 | 2 - | 55 55 | 66 60 | 70 67 | 1 - :||

营房 旁绿 树挺 拔， 我在 这里 照一 张 照 一 张。

练 兵 场 上青春 飞 扬， 我在 这里 照一 张 照 一 张。

哨 卡 迎 来 初升的太 阳， 我在 这里 照一 张 照 一 张。

11 11 | 2 2 1 | 77767 | 1 - | 55 55 | 6 6 6 | 4 32 | 3 - |

一张 寄给 亲 爱 的 爸爸妈 妈， 一张 寄给 心 爱 的 好姑 娘。

11 11 | 2 2 1 | 7761 | 2 - | 55 55 | 6 6 6 | 7 67 | 1 - ||

一张 寄给 亲 爱 的 爸爸妈 妈， 一张 寄给 心 爱 的 好姑 娘。

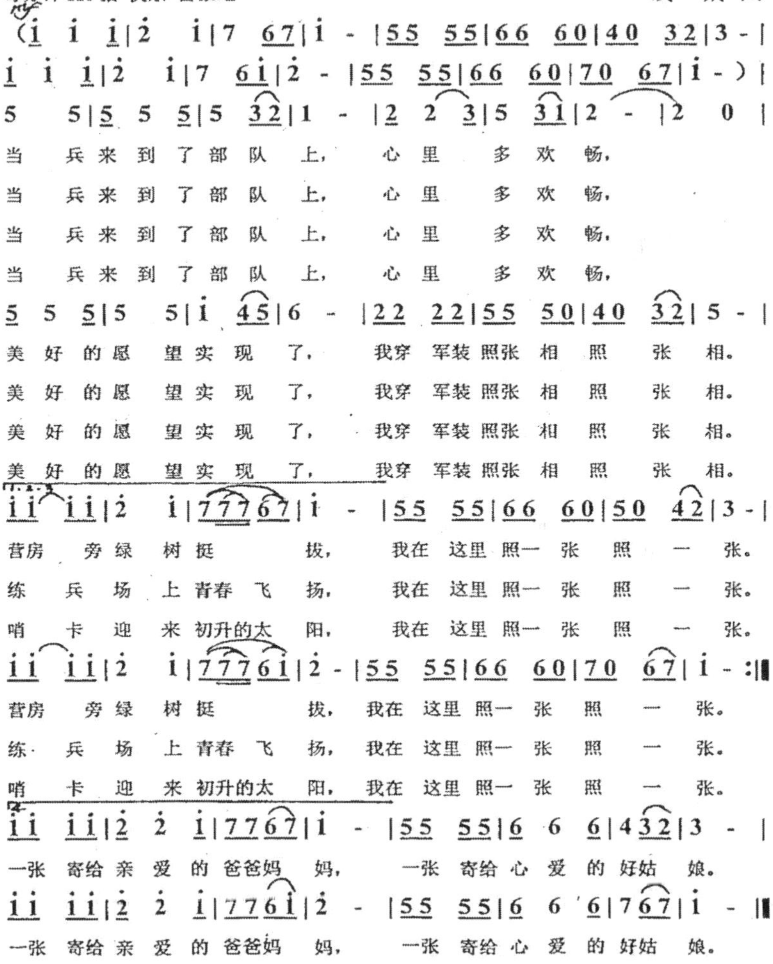

郝艺英 417000 湖南省娄底市艺术馆创作室 15080834208

钱 诚 243000 安徽省马鞍山市湖北路红旗花园5-402 音乐创作室 13955550430

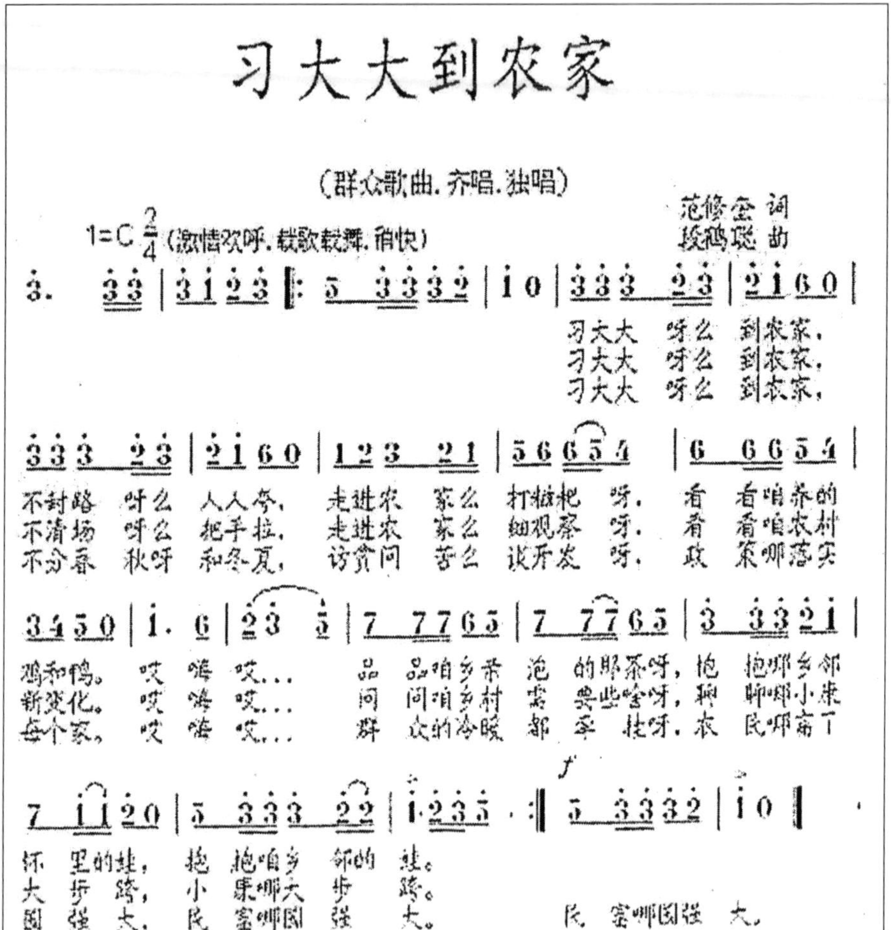

习大大到农家

（群众歌曲．齐唱．独唱）

范修奎 词
段鸿聪 曲

1=C 2/4（激情欢呼．载歌载舞．稍快）

习大大 呀么 到农家，
习大大 呀么 到农家，
习大大 呀么 到农家，

不封路 呀么 人人夸，走进农 家么 打糍粑 呀，看 看咱养的
不清场 呀么 把手拉，走进农 家么 细观察 呀，看 看咱农村
不分春 秋呀 和冬夏，访贫问 苦么 议开发 呀，政 策哪落实

鸡和鸭。哎 嗨 哎… 品 品咱乡亲 泡 的那茶呀，抱 抱那乡邻
新变化。哎 嗨 哎… 问 问咱乡村 需 要些啥呀，种 种那小康
每个家，哎 嗨 哎… 群 众的冷暖 都 牵 挂呀，农 民哪富了

怀 里的娃，抱 抱咱乡 邻的 娃。
大 步路，小 康哪大 步 路。
国 强 大，民 富哪国 强 大。 民 富哪国强 大。

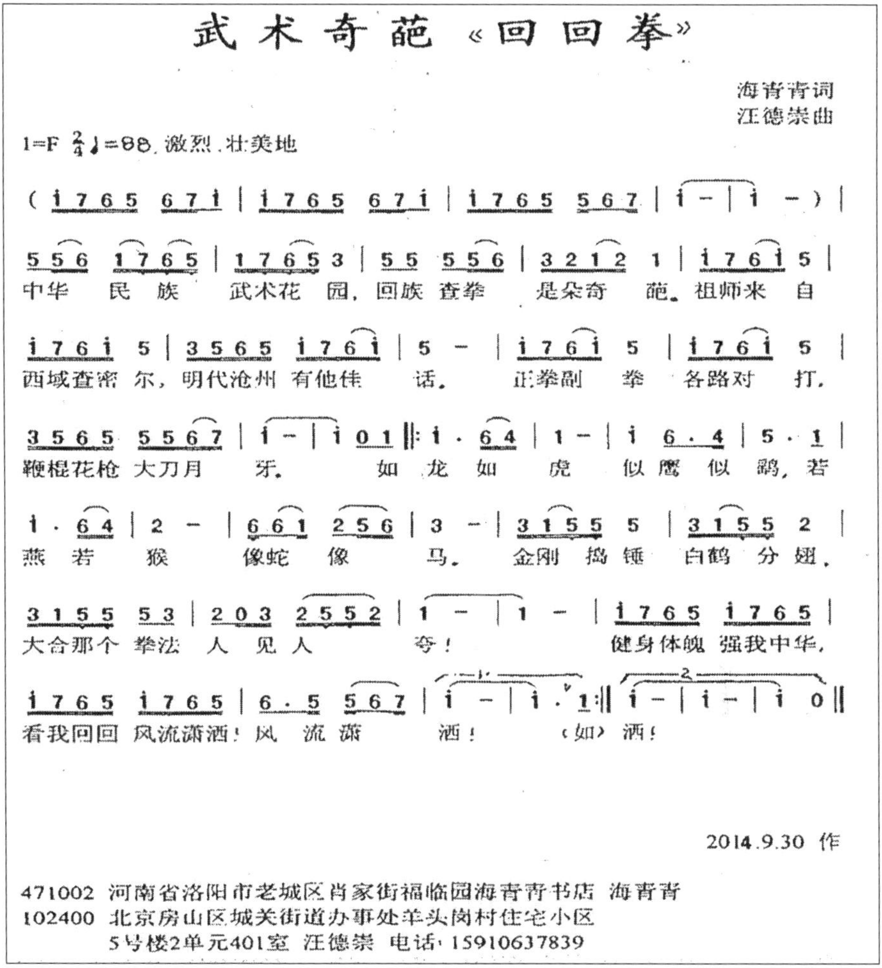

武术奇葩《回回拳》

海青青词
汪德崇曲

1=F $\frac{2}{4}$ ♩=88 激烈、壮美地

(1765 671 | 1765 671 | 1765 567 | 1 - | 1 -) |

556 1765 | 17653 3 | 55 556 | 3212 1 | 1761 5 |
中华民族 武术花园，回族查拳 是朵奇葩。祖师来自

1761 5 | 3565 1761 | 5 - | 1761 5 | 1761 5 |
西域查密尔，明代沧州有他佳话。正拳副拳 各路对打，

3565 5567 | 1 - | 1 01 ‖: 1 · 64 | 1 - | 1 6 · 4 | 5 · 1 |
鞭棍花枪 大刀月牙。如龙如虎 似鹰似鹞，若

1 · 64 | 2 - | 661 256 | 3 - | 3155 5 | 3155 2 |
燕若猴 像蛇像马。金刚捣锤 白鹤分翅，

3155 53 | 203 2552 | 1 - | 1 - | 1765 1765 |
大合那个拳法 人见人 夸！ 健身体魄 强我中华，

1765 1765 | 6 · 5 567 | 1 - | 1 · 1 :‖ 1 - | 1 - | 1 0 ‖
看我回回 风流潇洒！风 流潇 洒！ （如）洒！

2014.9.30 作

471002 河南省洛阳市老城区肖家街福临园海青青书店 海青青
102400 北京房山区城关街道办事处羊头岗村住宅小区
5号楼2单元401室 汪德崇 电话：15910637839

註　釋

註一　《大中原歌壇》（河南洛陽：二〇一七年第十、十一期合刊），第五、六、七、八版。

註二　趙國偉，〈跟著春風走〉，同註一，第一版。

註三　刁長育，〈俺是山東娃〉，同註一，第二版。

註四　尤素福・海青青，〈大戲河南——《大美河南》三部曲之二〉，同註三。

第六章 〈盼統一，兩眼慾望穿〉

《大中原歌壇》（總第十二期），二〇一七年月季號出刊了。發表作品的詞曲家有：趙國偉（黑龍江）、劉新正（河南）、尤素福・海青青（河南）、張倫（重慶）、阮文（安徽）、梁臨芳（浙江）、常福生（上海）、李艷華（河北）。范修奎（廣東）有一篇〈搖滾路上的行者——評說汪峰歌曲〉，已譜曲的歌有：（註一）

劉兆山、傅連波詞，錢誠曲，〈盼統一，兩眼慾望穿〉（獨唱）。

吳瑞芳詞、許德清曲，〈雪娃娃〉。

平原詞、趙國安曲，〈河南人〉。

陳曉明詞、宋銘舉曲，〈假日，我們多麼歡暢〉。

說起咱們「苦難的中國人」，我便百感交集，以前讀高中時，歷史課本讀到滿清末年那段，幾乎天天在割地賠款。好像地球上任何阿貓阿狗國駕一條獨木舟，到中國沿海叫兩聲，就能得到大利益！離譜的是俄人和日本人在中國土地上打仗，死的都是中國人，日本人殺中國百姓，俄人也殺中國百姓。「中國」和「中國人」到底怎樣了？當年弄不懂，只是憤慨！

隨著年紀增長，隨著我的「中國學」研究越來越深，知道歷史的因果關係，從「大歷史」看，今日兩岸問題不就是滿清末年種下的惡因。但兩岸分裂已超過半個多世紀，為什麼統一問題仍不能解決？幾乎所有的中國人（含台灣）都是最關心的問題。

筆者研究「中國學」，深感統一問題可能還要拖個二十至三十年，亂局不會突然平靜。但十四億（含台灣）中國人〈盼統一，兩眼慾望穿〉。（註二）

一

爺爺那一年去了台灣，
從此種下了許多思念。
骨肉分離，長夜漫漫，

不知道哪一天才能團圓。

兩岸通商春風召喚，
也等來與親人相見。
台灣天空沒有飄揚五星紅旗，
難抹去心中憂患！

兒女想爹娘，爹娘把兒盼，
盼統一，兩眼慾望穿，
血統難改，親情難變，
一個中國早已寫上藍天！

二

一中一台鬧劇又演，
島上不能再動蕩不安！

分裂有罪，豈容背叛，
不能在當今留下歷史遺憾！

愛國才能千古流芳，
家裡的事情商量著辦。
台灣早日升起五星紅旗，
是兩岸人的心願！
兒女想爹娘，爹娘把兒盼，
盼統一，兩眼慾望穿，
血統難改，山呼海喚，
一個中國早已寫上藍天！
一個中國早已寫上藍天！

劉兆山、傅連波作詞，錢誠作曲，好歌！我喜歡！說（唱）得合情入理，「兩岸一家親」，本來如是。但為何至今無解？誰都知道美國為首的西方帝國主義，在台獨背後撐著，企圖永久分裂中國。加上台灣內部多年來的「台獨洗腦」，很多人變質了，有著台獨思維，忘了自己是炎黃子孫，不知道自己是中華民族之一員，也懷疑自己是不是中國人？甚至是可悲的日本人或美國人，他迷惑於「我是誰？」可悲啊！我相信大家心裡有數，統一是遲早的事。

古今中外，國家統一都要經由戰爭手段，美國南北戰爭，日本統一之戰。能「和平統一」都是不得已，假如當年東德繁榮、富強，東德會接受統一嗎？所以兩岸要「和平統一」，以「一中困台」，加上以政經「窮台」，內部「亂台」，備以「準戰爭」侍候，這必是未來「和平統一」會走的路。

在統一問題上，若主張「武統」，勢必造成重大傷害，相較於中華民族長久整體利益下，一時的傷害換來台灣和大陸可以安定繁榮數百年。賞讀一首海青青的〈問江南〉。（註三）

望江南，
億江南，
多少往事縹緲成江上的雲煙。

望江南，
憶江南，
多少思念化作了囊中的詩篇。
別問我有多愛江南，
誰不愛煙花的爛漫？
那每一朵花裡，
都有我芬芳的心被春風點燃。
望江南，
憶江南，
昨夜夢裡啼成了水鄉的杜鵑。
望江南，

憶江南，
醒來小樓已不見夢裡的畫卷。

別問我有多戀江南，
誰不戀秋塘的雨蓮？
那每一顆雨裡，
都有我晶瑩的魂被月光浸染。

吾國江南美景，四季都醉人。數千年來，在北方稱王稱帝者，乃至王公貴族、文人雅士或詩人墨客等，一輩子少不了幾回江南遊。留下有關「江南遊」的詩歌文學或故事傳奇，可能不知有幾車？如杜牧〈江南春〉。

千里鶯啼綠映紅，水村山郭酒旗風。
南朝四百八十寺，多少樓臺煙雨中。

舉杜牧的〈江南春〉，是為與海青青的〈問江南〉做比較賞讀。杜牧詩是「寫虛、造境」，呈現一種空靈特色。因為「千里鶯啼」，杜牧不可能一一看見並聽見；而四百八十寺，杜牧更不可能一一都去見證過。所以，整首詩而言，並非實景，而是主觀之虛構造境，彰顯意象之湊泊玲瓏，昇華成空靈意境，成千古不朽之詩歌經典。

海青青這首〈問江南〉，傾向「寫實、寫境」，呈現詩人對真實客觀的感受，正是海青青江南生活的真情體驗。「多少往事縹緲成江上的雲煙、多少思念化作了囊中的詩篇……都有我晶瑩的魂被月光浸染」。這是詩人主觀之寫實寫境，誰不愛煙花的爛漫？誰不戀秋塘的雨蓮？此一質問，暗示著人人都愛江南人文風光。

這一章我讀了〈盼統一，兩眼慾望穿〉，內心有些激動，血管如長江黃河水波流，惟所述皆真情。又讀〈問江南〉，讓身心清淨，想像著千里鶯啼，風光無限好！

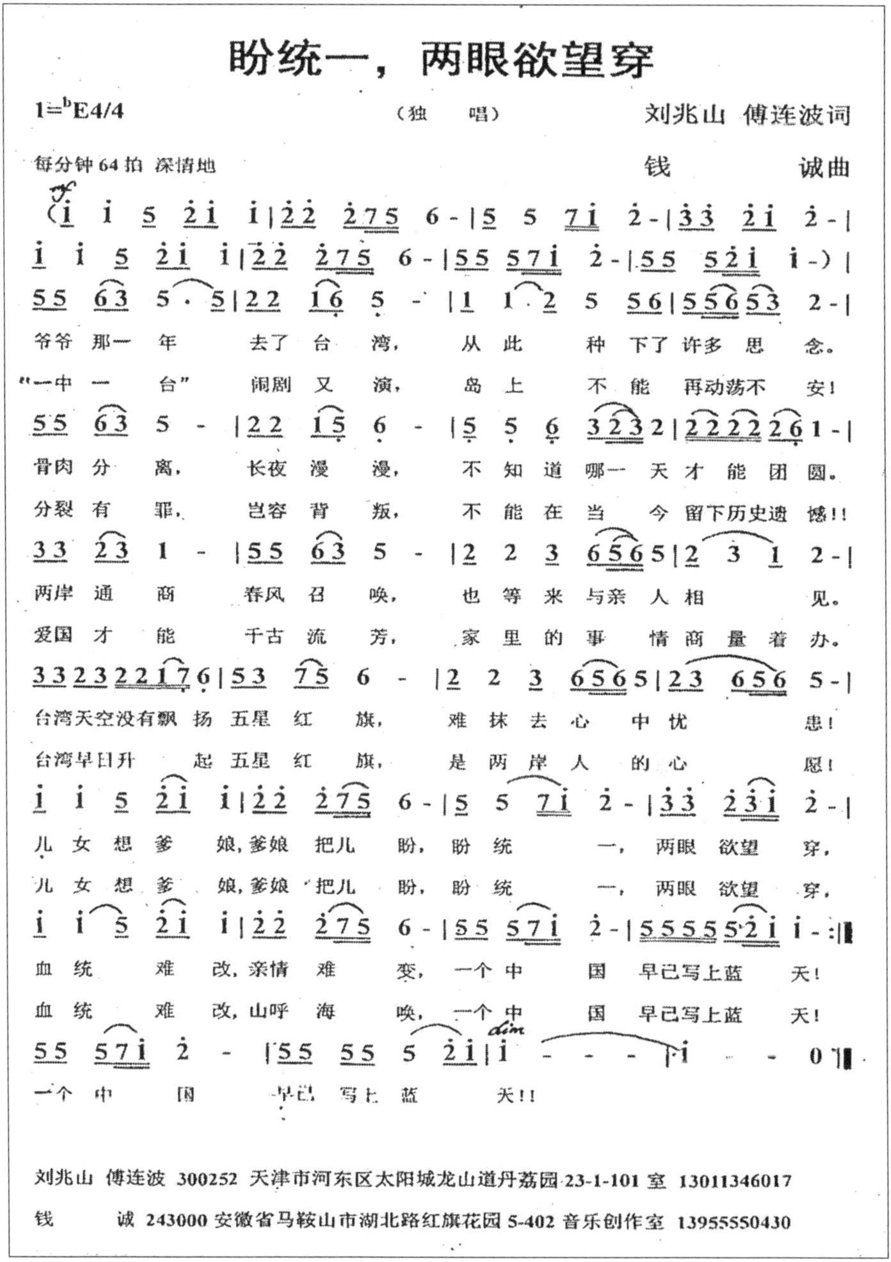

盼统一，两眼欲望穿

1=♭E 4/4　　（独　唱）　　刘兆山 傅连波词

每分钟 64 拍 深情地　　钱　诚曲

f

(1 1 5 21 1 | 22 275 6 - | 5 5 71 2 - | 33 21 2 - |

1 1 5 21 1 | 22 275 6 - | 55 571 2 - | 55 521 1 -) |

55 63 5 · 5 | 22 16 5 - | 1 1 · 2 5 56 | 55653 2 - |

爷爷那一年　去了台湾，从此　种下了许多思　念。

"一中一台"　闹剧又演，岛上　不能再动荡不　安！

55 63 5 - | 22 15 6 - | 5 5 6 3232 | 222226 1 - |

骨肉分离，长夜漫漫，不知道哪一天才能团圆。

分裂有罪，岂容背叛，不能在当今留下历史遗憾！！

33 23 1 - | 55 63 5 - | 2 2 3 6565 | 2 3 1 2 - |

两岸通商　春风召唤，也等来与亲人相　见。

爱国才能　千古流芳，家里的事情商量着　办。

3323221 76 | 53 75 6 - | 2 2 3 6565 | 23 656 5 - |

台湾天空没有飘扬五星红旗，难抹去心中忧　患！

台湾早日升　起五星红旗，是两岸人的心　愿！

1 1 5 21 1 | 22 275 6 - | 5 5 71 2 - | 33 231 2 - |

儿女想爹娘，爹娘把儿盼，盼统　一，两眼欲望穿，

儿女想爹娘，爹娘把儿盼，盼统　一，两眼欲望穿，

1 1 5 21 1 | 22 275 6 - | 55 571 2 - | 55555 21 1 - :||

血统　难改，亲情难　变，一个中　国　早已写上蓝　天！

血统　难改，山呼海　唤，一个中　国　早已写上蓝　天！

dim

55 571 2 - | 55 55 5 21 | 1 - - - | 1 - - 0 ||

一个中　国　早已写上蓝　天！！

刘兆山 傅连波 300252 天津市河东区太阳城龙山道丹荔园 23-1-101 室 13011346017

钱　诚 243000 安徽省马鞍山市湖北路红旗花园 5-402 音乐创作室 13955550430

龙门石窟

歌曲《河南人》是一首具有豫剧风格的戏歌，表达了河南人在新世纪的豪迈情怀。由著名作曲家赵国安作曲、词作家平原作词、著名豫剧演员小香玉演唱。

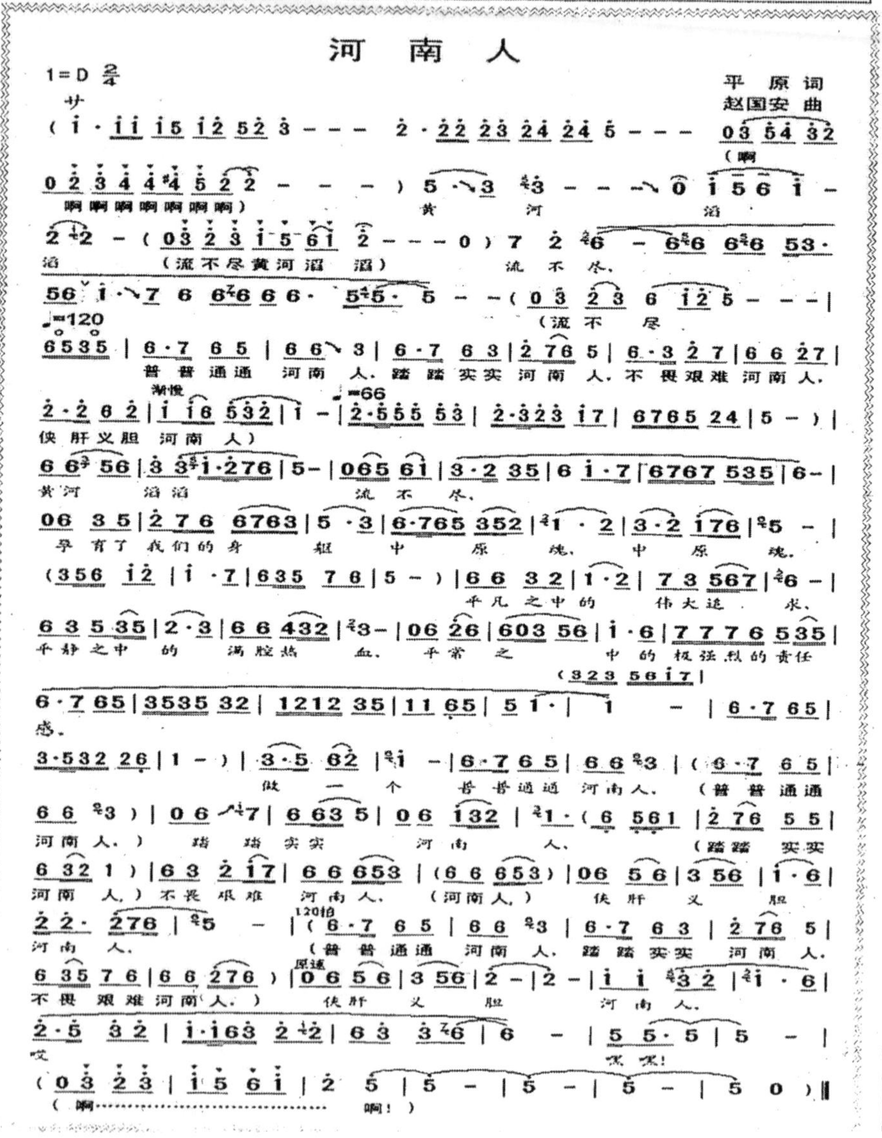

河 南 人

1=D 2/4

平 原 词
赵国安 曲

(啊
啊啊啊啊啊啊啊) 黄 河 滔
滔 (流不尽黄河滔 滔) 流 不 尽，
♩=120 (流 不 尽
普 普 通通 河南 人，踏 踏 实实 河 南 人，不 畏 艰难 河 南 人，
渐慢 ♩=66
侠 肝 义 胆 河南 人)
黄河 滔滔 流 不 尽，
孕 育了 我们的 身 躯 中 原 魂，中 原 魂。
平凡之中的 伟大追 求，
平静之中 的 满腔热 血，平常 之 中的 极强烈的责任
感。
做 一 个 普普通通 河南人，(普 普 通通
河南 人。) 踏 踏 实实 河 南 人， (踏踏 实实
河南 人。) 不畏 艰难 河南 人，(河南人，) 侠 肝 义 胆
120拍
河南 人。 (普 普 通通 河南 人，踏 踏 实实 河 南 人，
原速
不畏 艰难 河南 人。) 侠肝 义 胆 河 南 人。
哎 嘿 嘿！
(啊………………… 啊！)

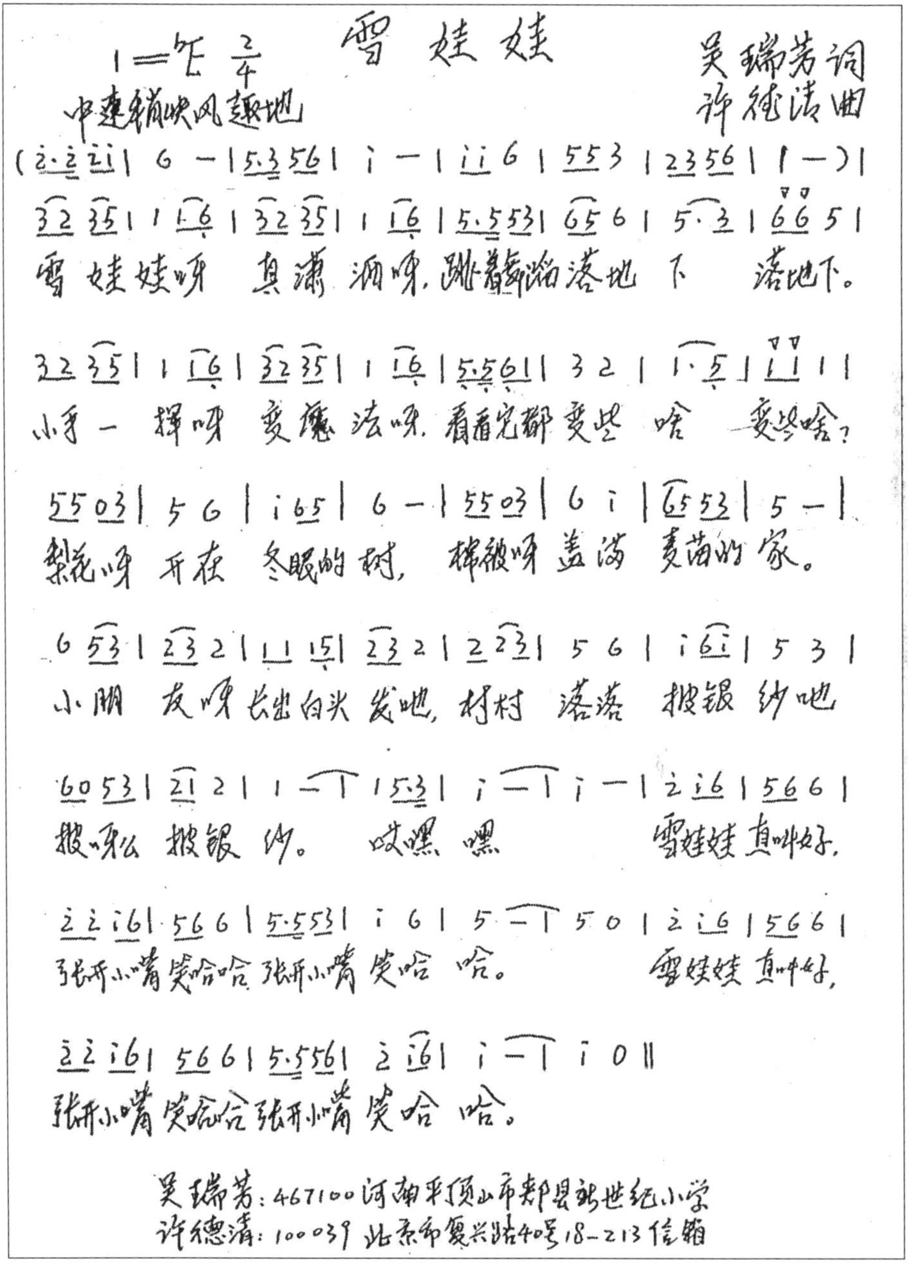

雪娃娃

1=F 2/4

中速稍快风趣地

吴瑞芳词
许德清曲

雪娃娃呀 真潇洒呀，跳着舞蹈落地下 落地下。

小手一挥呀 变魔法呀，看看它都变些啥 变些啥？

梨花呀开在 冬眠的树，棉被呀盖满 麦苗的家。

小朋友呀长出白头发吧，村村落落 披银纱吧

披呀么披银纱。 哎嘿 嘿 雪娃娃真叫好，

张开小嘴笑哈哈 张开小嘴笑哈 哈。 雪娃娃真叫好，

张开小嘴笑哈哈 张开小嘴笑哈 哈。

吴瑞芳：467100河南平顶山市郏县新世纪小学
许德清：100039北京市复兴路40号18-213信箱

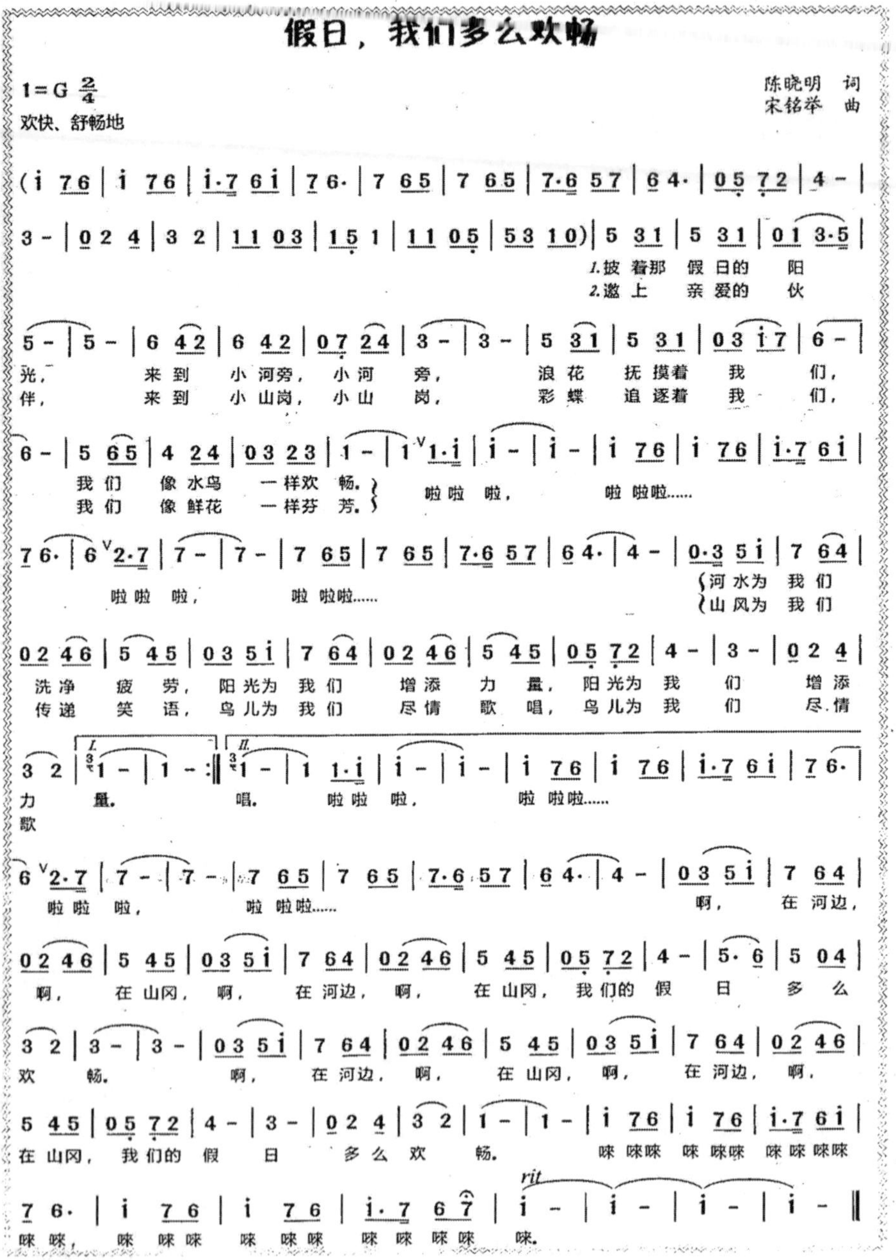

假日，我们多么欢畅

1=G 2/4
欢快、舒畅地

陈晓明 词
宋铭举 曲

(i 76 | i 76 | i·7 6i | 76· | 7 65 | 7 65 | 7·6 57 | 64· | 05 72 | 4 - |

3 - | 0 2 4 | 3 2 | 11 03 | 15 1 | 11 05 | 53 10) | 5 31 | 5 31 | 01 3·5 |
1.披 着那 假 日的 阳
2.邀 上 亲 爱的 伙

5 - | 5 - | 6 42 | 6 42 | 07 24 | 3 - | 3 - | 5 31 | 5 31 | 03 i7 | 6 - |
光， 来到 小河旁， 小河 旁， 浪花 抚摸着 我 们，
伴， 来到 小山岗， 小山 岗， 彩蝶 追逐着 我 们，

6 - | 5 65 | 4 24 | 03 23 | 1 - | 1 V 1·i | i - | i - | i 76 | i 76 | i·7 6i |
我们 像水鸟 一样欢 畅。 啦啦 啦， 啦 啦啦……
我们 像鲜花 一样芬 芳。

76· | 6 V 2·7 | 7 - | 7 - | 7 65 | 7 65 | 7·6 57 | 64· | 4 - | 0·3 5i | 7 64 |
啦啦 啦， 啦 啦啦…… 河水为 我们
山风为 我们

02 46 | 5 45 | 03 5i | 7 64 | 02 46 | 5 45 | 05 72 | 4 - | 3 - | 0 2 4 |
洗净 疲 劳， 阳光为 我们 增添 力 量， 阳光为 我 们 增添
传递 笑 语， 鸟儿为 我们 尽情 歌 唱， 鸟儿为 我 们 尽情

3 2 | 1. 3/4 1 - | 1 - :‖ 2. 3/4 1 - | 1 1·i | i - | i - | i 76 | i 76 | i·7 6i | 76· |
力 量。 唱。 啦啦 啦， 啦 啦啦……
歌

6 V 2·7 | 7 - | 7 - | 7 65 | 7 65 | 7·6 57 | 64· | 4 - | 03 5i | 7 64 |
啦啦 啦， 啦 啦啦…… 啊， 在 河边，

02 46 | 5 45 | 03 5i | 7 64 | 02 46 | 5 45 | 05 72 | 4 - | 5· 6 | 5 04 |
啊， 在 山冈， 啊， 在 河边， 啊， 在 山冈， 我们的 假 日 多 么

3 2 | 3 - | 3 - | 03 5i | 7 64 | 02 46 | 5 45 | 03 5i | 7 64 | 02 46 |
欢 畅。 啊， 在 河边， 啊， 在 山冈， 啊， 在 河边， 啊，

5 45 | 05 72 | 4 - | 3 - | 0 2 4 | 3 2 | 1 - | 1 - | i 76 | i 76 | i·7 6i |
在 山冈， 我们的 假 日 多么 欢 畅。 唻唻唻 唻唻唻 唻唻唻唻

rit

7 6· | i 76 | i 76 | i·7 67 | i - | i - | i - | i - ‖
唻唻， 唻 唻唻 唻 唻唻 唻唻唻唻 唻。

註釋

註一 《大中原歌壇》（河南洛陽：二〇一七年總第十二期），第五、六、七、八版。

註二 劉兆山、傅連波詞、錢誠曲，〈盼統一，兩眼慾望穿〉，同註一，第七版。

註三 尤素福・海青青，〈問江南〉，同註一，第二版。

第七章 海青青的回族史歌

《大中原歌壇》（總第十三期），二〇一七年菊花號出刊了。發表作品的作詞曲家有：鄔大為（遼寧）、趙國偉（黑龍江）、阮居平（貴州）、海青青（河南）、林藍（湖北）、田俊榕（浙江）、張倫（重慶）、梁臨芳（浙江）、張曉天（山東）、李艷華（河北）、陳迎（湖南）、劉秉剛（上海）。另有海青青的一篇散記，〈風雨情——「汶川大地震」賑災義演記〉，還有一篇轉載〈河南民歌的藝術特徵〉。已譜曲的歌有兩首：（註一）

〈王大娘釘缸〉（小調），河南昌鄧縣、息縣、商城、固始一帶，漢族流行的歌舞形式。屬於地花鼓，多由一旦一丑合作表演。

何德林詞、淺洋曲，〈紅領巾的榜樣〉（少兒歌曲）。

本期有一篇轉載文章〈河南民歌的藝術特徵〉，舉出三項：（一）歷史悠久，蘊藏豐厚。（二）體裁豐富，風格多樣。（三）手法簡潔，語言精練。筆者以為，這三點也可以是中國各省民歌的藝術特徵，中國五千年文明文化，各省、各地區、各民族，其文學、詩歌都經歷了五千年洗煉，手法能不簡潔乎？語言能不精練乎？地大物博人眾族多，能不風格多樣乎？五十六民族各有民歌，各省（地區）也各有民歌，中華各族民歌之美說不完啊！就欣賞一首回族民歌，海青青的〈阿娜的香油茶〉。（註二）

一

亮汪汪的香油茶，
飄著幾朵香蔥花，
杏仁核桃花生米，
拌著一把黑芝麻。
撒哩撒哩嗨，撒哩撒哩嗨，
撒哩撒哩嗨，撒哩撒哩嗨。

熱騰騰的香油茶，
就著果子和麻花，
小口品啊大口喝，
酣暢淋漓暖衣夾。

阿娜的情啊打進這香油茶，
口爽爽，味綿綿，
滋潤著多少苦樂年華！
阿娜的愛啊融進這香油茶，
一碗碗，一年年，
滿頭青絲也熬成白髮！

二

貴客走進回回家，

阿娜端上香油茶。
兒女離家在外時，
阿娜裝滿香油茶。

撒哩撒哩嗨，撒哩撒哩嗨，
撒哩撒哩嗨，撒哩撒哩嗨。

就像一部回族史，
多少酸甜和苦辣？
不改醇厚的味道，
不變做人的道法。

喝不夠的是阿娜的香油茶，
香噴噴，氣正正，
百味過後還是把她誇！

忘不了的是阿娜的香油茶，
走千山，涉萬水，
一碗香油茶暖透天涯！

賞讀這首民歌，有四個層次的閱讀欣賞，第一層是禮讚回族的香油茶文化，對很多回族在外遊子，來一碗香油茶，有如解鄉愁的仙藥。再者，回族的香油茶，應該也是千百年演化而來，成為回族人生活中一種重要飲食，經千百年時間沉澱，成了民間的飲食文化，更是回族人民情感象徵的一種「意象」。這是回族史的一部分。

第二個層次的欣賞，是這首歌也頗有情歌的味道，至少作者把阿娜當成想像中的「夢中情人」。如是，歌中不斷讚美阿娜，阿娜的情，阿娜的愛，「**喝不夠的是阿娜的香油茶……一碗香油茶暖透天涯**」。這暗示了作者和阿娜有著深厚的情感，二人之間有濃濃的愛意，阿娜始終在他心中。

第三個層次，是回族人做生意遵守的正道，擴大成回族人民的做人原則。「**一碗碗，一年年／滿頭青絲也熬成白髮……不改醇厚的味道／不變做人的道法**」。阿娜賣香油茶一輩子，從不偷工減料，這是做人的正道。

第四層欣賞，回族是個好客也重視親情的民族。「**貴客走進回回家／阿娜端上香油茶／兒女離家在外時／阿娜裝滿香油茶**」。好客和重視親情是中華民族優良傳統，五十六民族皆如是，這種文化特色，在世界眾多種族中，吾國吾族始終是最著名之前端者。

再欣賞海青青一首〈美麗人間〉。（註三）

童聲朗誦：美麗的牡丹花，
藏著我們的家，
悠悠的皇城下，
長滿記憶的芽。

獨唱：我們的家不大，
曾住著十三家。
雲中坐著盧舍那，
雪裡燃燒桃花。

繚繞的東門外，
拴著一匹白馬。
清清的伊洛水，
載不走那神話。

童聲伴唱：我愛我們的家，
國色天香天涯。
我愛我們的家，
巍巍壯麗博大。
我愛我們的家，
未來等待開發。
我愛我們的家，
一生來裝扮它。

童聲朗誦：美麗人間在哪兒？

就在我們家。
好山好水好花，
伴隨人生瀟灑。

「齊家、治國、平天下」是中國人重要的政治理念，把「治家」的理念，提昇到治國平天下的基礎，進而和治國平天下連結。可見中國人對「家」的重視，家庭家族的倫理親情，可以說是中國人心中的鐵則，所以中國社會古來有「百善孝為先」傳統，歷代帝王有「以孝治天下」之美德。天下得治，社會要安定，而這些都從一個「家」開始，再擴大成很多家族關係。

如果倫理是家庭家族因血親姻親形成的結構關係，那麼「愛」就是結構關係中，最基本的元素或內涵。家庭家族中的任何關係角色，相互之間必須有「愛」的連結，沒有愛的內涵滋潤，倫理是冷冰冰的。所以，吾國之古聖先賢把「愛」列入八德之一。

海青青這首歌唱出一個家庭中最重要的愛，每個家人都要愛這個家，用一生來裝扮自己的家。美麗的人間在哪裡？就在自己的家，擴而大之，洛陽城也是我們的家，好山好水好花。

這首歌安排了童聲朗誦和伴唱，我認為最大的用意在兒童教育。孩子從小時候（幼兒園開始）接觸到這種歌的情境，「愛家」觀念會內化成一種「天生性格」，長大後一輩子都知道要愛家，進而愛鄉土愛國家。

這是海青青創作這首歌的用心，他教育中國人的新生代，讓孩子們接觸這樣的歌，「兒童是國家未來的主人翁」，主人翁愛家，將會代代相傳，成為潛移默化的家教，國家人民之福啊！海青青予有功焉

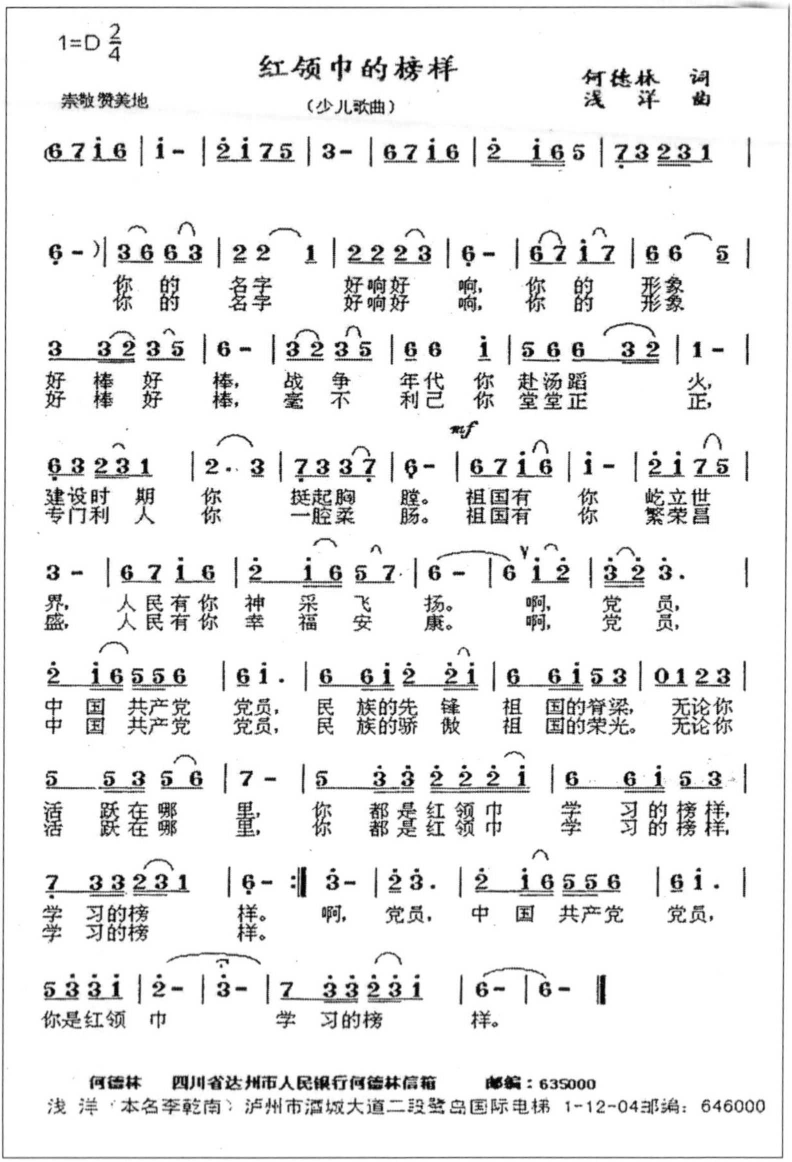

1=D 2/4

红领巾的榜样

（少儿歌曲）

何德林 词
浅 洋 曲

崇敬赞美地

6716 | i - | 2175 | 3 - | 6716 | 2 165 | 73231 |

6 -) | 3663 | 22 1 | 2223 | 6 - | 6717 | 66 5 |
你 的 名字 好响好 响， 你 的 形象
你 的 名字 好响好 响， 你 的 形象

3 3235 | 6 - | 3235 | 66 i | 566 32 | 1 - |
好 棒 好 棒， 战 争 年代 你 赴汤蹈 火，
好 棒 好 棒， 毫 不 利己 你 堂堂正 正，

mf

63231 | 2 · 3 | 7337 | 6 - | 6716 | i - | 2175 |
建设时 期 你 挺起胸 膛。 祖国有 你 屹立世
专门利 人 你 一腔柔 肠。 祖国有 你 繁荣昌

3 - | 6716 | 2 1657 | 6 - | 6 i 2 | 3 2 3. |
界， 人民有你 神 采 飞 扬。 啊， 党 员，
盛， 人民有你 幸 福 安 康。 啊， 党 员，

2 16556 | 6 i . | 6 6i2 2i | 6 6i53 | 0123 |
中 国 共产党 党员， 民 族的先 锋 祖 国的脊梁， 无论你
中 国 共产党 党员， 民 族的骄 傲 祖 国的荣光。 无论你

5 5356 | 7 - | 5 33 222i | 6 6i53 |
活 跃在哪 里， 你 都是红领巾 学 习的榜样，
活 跃在哪 里， 你 都是红领巾 学 习的榜样，

7 33231 | 6 - :‖ 3 - | 23. | 2 16556 | 6 i . |
学 习的榜 样。 啊， 党员， 中 国 共产党 党员，
学 习的榜 样。

533i | 2 - | 3 - | 7 33231 | 6 - | 6 - ‖
你是红领 巾 学 习的榜 样。

何德林 四川省达州市人民银行何德林信箱 邮编：635000
浅 洋（本名李乾南）泸州市酒城大道二段鹭岛国际电梯 1-12-04邮编：646000

龙门石窟

在河南吕邓县、息县、商城、固始一带，流行着一种汉族民俗歌舞形式，属于地花鼓。这种地花鼓多由一旦一丑合作表演，演唱内容多为北方各地流传的生活小调。民歌《王大娘钉缸》是其中代表作。

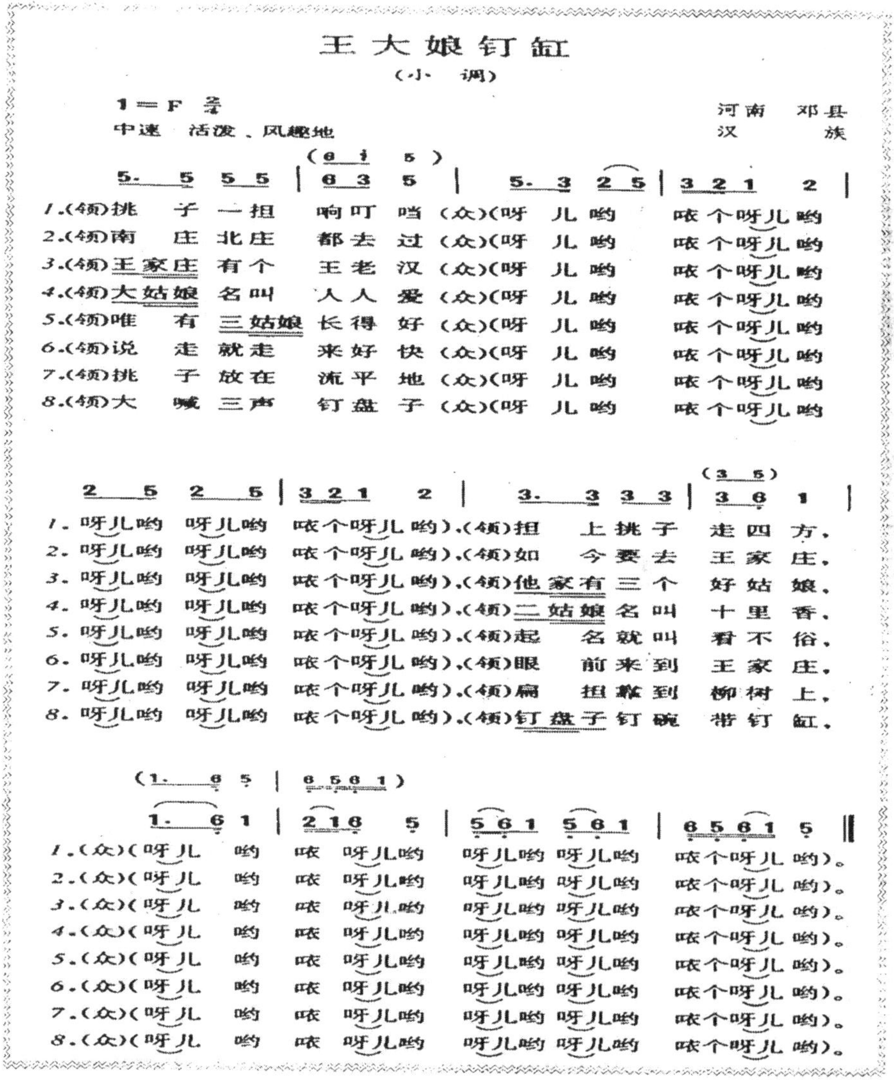

王大娘钉缸

（小 调）

1＝F 2/4　　　　河南 邓县

中速 活泼、风趣地　　　　汉 族

(6 1 5)

5. 5 5 5 | 6 3 5 | 5. 3 2 5 | 3 2 1 2 |

1.(领)挑 子 一担 响叮 当 (众)(呀 儿 哟 咳个呀儿哟

2.(领)南 庄 北庄 都去 过 (众)(呀 儿 哟 咳个呀儿哟

3.(领)王家庄 有个 王老 汉 (众)(呀 儿 哟 咳个呀儿哟

4.(领)大姑娘 名叫 人人 爱 (众)(呀 儿 哟 咳个呀儿哟

5.(领)唯 有 三姑娘 长得 好 (众)(呀 儿 哟 咳个呀儿哟

6.(领)说 走 就走 来好 快 (众)(呀 儿 哟 咳个呀儿哟

7.(领)挑 子 放在 流平 地 (众)(呀 儿 哟 咳个呀儿哟

8.(领)大 喊 三声 钉盘 子 (众)(呀 儿 哟 咳个呀儿哟

(3 5)

2 5 2 5 | 3 2 1 2 | 3. 3 3 3 | 3 6 1 |

1. 呀儿哟 呀儿哟 咳个呀儿哟)。(领)担 上挑子 走四 方。

2. 呀儿哟 呀儿哟 咳个呀儿哟)。(领)如 今要去 王家 庄。

3. 呀儿哟 呀儿哟 咳个呀儿哟)。(领)他家有 三个 好姑 娘。

4. 呀儿哟 呀儿哟 咳个呀儿哟)。(领)二姑娘 名叫 十里 香。

5. 呀儿哟 呀儿哟 咳个呀儿哟)。(领)起 名就叫 看不 俗。

6. 呀儿哟 呀儿哟 咳个呀儿哟)。(领)眼 前来到 王家 庄。

7. 呀儿哟 呀儿哟 咳个呀儿哟)。(领)扁 担靠到 柳树 上。

8. 呀儿哟 呀儿哟 咳个呀儿哟)。(领)钉盘子 钉碗 带钉 缸。

(1. 6 5 | 6 5 6 1)

1. 6 1 | 2 1 6 5 | 5 6 1 5 6 1 | 6 5 6 1 5 ‖

1.(众)(呀儿 哟 咳 呀儿哟 呀儿哟 呀儿哟 咳个呀儿 哟)。

2.(众)(呀儿 哟 咳 呀儿哟 呀儿哟 呀儿哟 咳个呀儿 哟)。

3.(众)(呀儿 哟 咳 呀儿哟 呀儿哟 呀儿哟 咳个呀儿 哟)。

4.(众)(呀儿 哟 咳 呀儿哟 呀儿哟 呀儿哟 咳个呀儿 哟)。

5.(众)(呀儿 哟 咳 呀儿哟 呀儿哟 呀儿哟 咳个呀儿 哟)。

6.(众)(呀儿 哟 咳 呀儿哟 呀儿哟 呀儿哟 咳个呀儿 哟)。

7.(众)(呀儿 哟 咳 呀儿哟 呀儿哟 呀儿哟 咳个呀儿 哟)。

8.(众)(呀儿 哟 咳 呀儿哟 呀儿哟 呀儿哟 咳个呀儿 哟)。

註　釋

註一　《大中原歌壇》（河南洛陽：二〇一七年總第十三期），第七、八版。

註二　尤素福·海青青，〈阿娜的香油茶〉，同註一，第二版。

註三　海青青，〈美麗人間〉，同註二。

第八章　中國正春天

《大中原歌壇》（總第十四期），二〇一九年菊花號出刊了。發表作品的詞曲家有：趙國偉、蘇琪（黑龍江）、趙正雲（安徽）、范修奎（廣東）、謝鳶（湖南）、鄒景高（重慶）、海青青（河南）、林藍（湖北）、謝桂林（湖南）、張曉天（山東）、梁臨芳（浙江）、張倫（重慶）。另有往來書信、歌訊等，范修奎有一篇〈評析影視導演、編劇、詞作家趙友歌詞〉。已譜曲的歌刊出有三首。（註一）

范修奎詞、張顯真曲，〈活到老學到老〉（男女聲獨唱）。

彭長霖詞、錢誠曲，〈青青外婆菜〉（獨唱）。

趙國偉詞、王文曲，〈千古江南〉。

像我這種以「黃埔人」為身分圖騰，以「生長在台灣的中國人」為榮的人，活在台灣這種「污名島」，真是一種痛苦。為何？「黃埔人」（即陸軍官校，廣義三軍各院校師生都是黃埔人），是以完成中國統一為人生使命和價值的。但台灣經三十年洗腦，很多人不知道這個使命的神聖性，甚至自己兒女也不認同了，兒女否定了爸爸的歷史，這家的存在成了形式，豈不哀悲乎！

雖然在台灣很多人聽到「統一」就嚇壞了，報紙上所有關於「中國」都是負面的，政治如此邪惡操弄，「呆丸郎」何時才會覺醒呢？短期看是悲觀的，長期看我很樂觀。中國史，分分合合，分久必合，由不得人。我對中國信心十足，地球上有哪個民族能活五千年，文化文明不中斷，就只有中國。賞讀〈中國正春天〉。（註二）

青山起舞，花海如潮，
高揚的風帆追逐號角。
百年夢想，心底燃燒，
風風雨雨奮力的奔跑。

春光萬里，敞開懷抱，
特色的道路飛揚捷報。
幸福家園，愛是路標，
安居樂業最美的素描。

中國正春天，歲月無限好，
江山萬里風光更妖嬈。
奮進的腳步一起在追趕，
強起來是我們心中的目標。

中國正春天，夢想在今朝，
日新月異神州步步高。
美麗的絲路架起了金橋，
復興的大中國獨領風騷。

「**強起來是我們心中的目標……復興的大中國獨領風騷**」。讓我想起一九四九年毛澤東在天安門講的，「中國人站起來了」，中國人從「站起來」到「強起來」，奮鬥了七十年。七十年呀七十年，是一個人的一生，是二或三代人的歲月，但對國家而言，很短的，只是個青少年，一切都尚在成長。

但中國真的「已經強起來了」嗎？對我這個研究戰略、大戰略的人，《北京軍事專刊》給筆者一個大封號「台灣軍魂」，我太清楚了。中國現在只是「正在強起來」，距離「已經強起來」還有遠路要走。一個國家的強盛是全面的政、經、軍、心，總體國力的強盛，吾人可以做個比較。單單拿「國民平均所得」項，美國是約六萬美元，中國只有一萬二千美元，台灣約二萬元，光是這項就知道落差多大。但我很有信心，中國人醒了，十四億中國人齊心團結，很快會走到「已經強起來」，當全球都中國化了，台灣能不中國化（統一）嗎？

海青青是我敬佩的中國詩人，我所喜歡的中國洛陽音樂人。從我所讀到《牡丹園》和《大中原歌壇》，他的所有作品流露了一個回族詩人的情懷，愛鄉愛土愛國，實在是我中華民族的好兒女，所有中國人的光榮。我有所期待，希望大陸詩歌壇對海青青有所幫助。賞讀一首海青青的〈老家河南〉。（註三）

一

我的老家在河南，
山青水秀大平原，
一條大河訴不盡華夏悲歡，
廣袤平原播種著祖輩祈盼。

多少次哎，
夢裡回到久別的故園，
走一走鄉間小路，
看一看花城牡丹，
拜一拜河洛祖先，
聽一聽越調曲弦，
再吃一碗哎，
一碗母親做的大碗燴麵。

二

我的老家在河南，
山歡水笑大平原，
每個腳印總在見證著信念，
倔強性格總在雕刻著尊嚴。

多少次哎，
夢裡回到親親的故園，
抱一抱槐樹桃樹，
聞一聞麥浪稻田，
遊一遊龍門石窟，
耍一耍少林棍拳，
再陪一陪哎，
陪陪父親講那滄海桑田。

「**拜一拜河洛祖先**」，年輕一代很多人已經不知道「河洛」了，老一輩人都知道，「台灣人」一般泛稱就是「河洛人」，河是黃河，洛是洛河，洛陽正好在兩河交流角內，意即台灣人從河洛遷移而來。但比較正確應是閩南人從河洛遷移而來，這是中華民族發展的過程。

這首歌除了唱出河南著名古蹟，也釋放了他的鄉愁和親情。人生最刻骨銘心，不外小我之親情和大我國家民族情，原鄉鄉土之情夾於二者之間，往往也是人生最難放下的情，通常要上一代人全走了才會真正放下。

歌雖然唱的是鄉情親情，卻也上升到了中華民族之情。「**我的老家在河南／山青水秀大平原／一條大河訴不盡華夏悲歡／廣袤平原播種著祖輩祈盼**」。這是確實，光是一個河南省，大約涉及中華民族五十萬年史，「殷墟」就在河南安陽市西北殷都區小屯村，殷墟又叫「北蒙」。盤庚十四年，商朝第十九位君主盤庚遷都北蒙（今安陽），中國最早文字甲骨文在此發現。所以，河南真是中國文化文明重要發源地。

一條黃河是中華民族的母親河，我雖是「生長在台灣的中國人」，但永遠認同這個媽媽，認同炎黃的血緣和文化關係。兩岸遲早要走向統一，必須先從這個認同感教育下一代，中國才有永遠的春天。

活到老学到老

1=D 4/4

男女声独唱

范修奎词
张显真曲

♩=144 热情自信地

3 3 0 2 3 | 1 1 6 0 0 | 3 3 0 6 3 | 2 3 6 0 0 |

一分 一秒在减少， 你我 都在努力跑，
一日 三餐要吃好， 你我 都活出自豪，

2 2 2 2 | 2 1 2 0 0 | 3. 3 3 3 3 7 6 | 6 - - - | 6 - - 0 |

心有理想 树目标， 艳阳高照起的 早，
文化自信 咱骄傲， 不等不靠赶比 超，

i i i 2 | i - - - | 7 7 6 7 | 3 - - - | 2 2 2 1 | 2 - - - | 3 3 3 7 | 6 - - - |

闻着花 香 看着小 草， 学习唱 歌 练着舞 蹈，
踏着晨 露 听着鸟 叫， 学习电 脑 考个驾 照，

i 7 6. 6 | 2 5 3 0 0 | i 7 6. 6 | 2 5 3 3 - |

男人俏 来女人娇， 学习路 上有欢 笑。
俱往矣 还看今朝， 学习路 上永不 老。

2 2 2. 2 | 2 3 2 0 0 | 3. 3 3 3 3 7. | 7 - - - | 7 - - - |

男人俏 来女人娇， 学习路上有欢 笑。
俱往矣 还看今朝， 学习路上永不 老。

[1.2] 5 0 0 6 | 6 - - - | 6 - - - :‖ [3.结束] 5 0 0 6 | 6 - - - | 6 - - - | 6 0 0 0 ‖

有 欢笑。 有 欢笑。
永 不老。 永 不老。

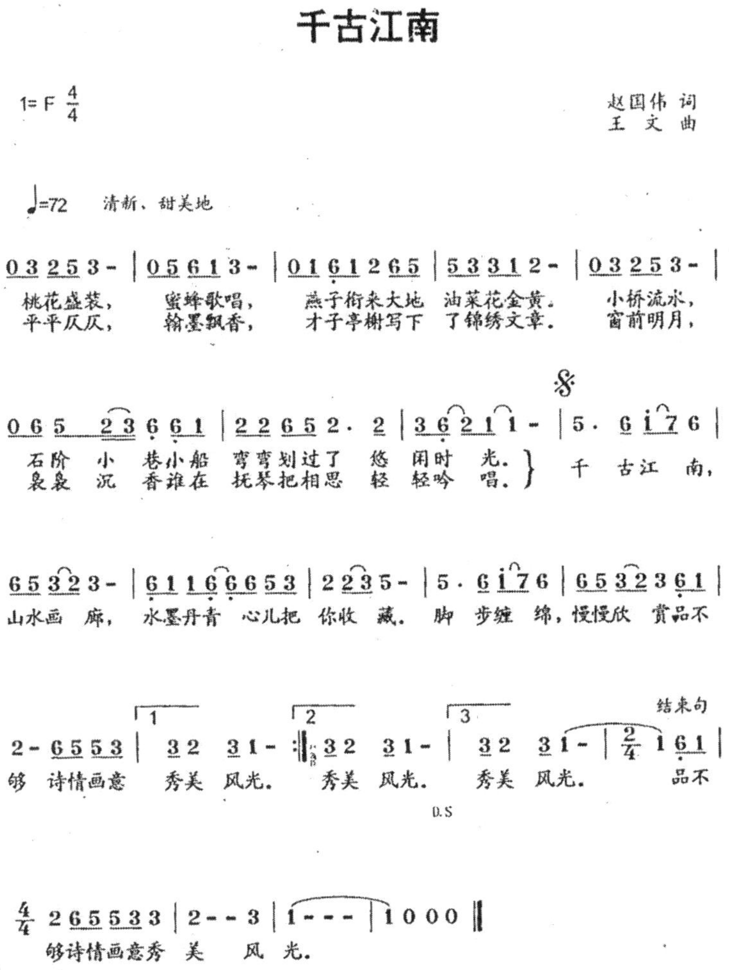

千古江南

1= F $\frac{4}{4}$

赵国伟 词
王 文 曲

♩=72 清新、甜美地

0 3 2 5 3 - | 0 5 6 1 3 - | 0 1 6 1 2 6 5 | 5 3 3 1 2 - | 0 3 2 5 3 - |

桃花盛装， 蜜蜂歌唱， 燕子衔来大地 油菜花金黄。 小桥流水，
平平仄仄， 翰墨飘香， 才子亭榭写下 了锦绣文章。 窗前明月，

𝄋

0 6 5 2 3 6 6 1 | 2 2 6 5 2 · 2 | 3 6 2 1 1 - | 5 · 6 1 7 6 |

石阶 小 巷小船 弯弯划过了 悠 闲时 光。 } 千 古江 南，
袅袅 沉 香谁在 抚琴把相思 轻 轻吟 唱。

6 5 3 2 3 - | 6 1 1 6 6 6 5 3 | 2 2 3 5 - | 5 · 6 1 7 6 | 6 5 3 2 3 6 1 |

山水画 廊， 水墨丹青 心儿把 你收 藏。 脚 步缠 绵，慢慢欣 赏品不

结束句

2 - 6 5 5 3 | [1. 3 2 3 1 - :‖ [2. 3 2 3 1 - | [3. 3 2 3 1 - | $\frac{2}{4}$ 1 6 1 |

够 诗情画意 秀美 风光。 秀美 风光。 秀美 风光。 品不

D.S

$\frac{4}{4}$ 2 6 5 5 3 3 | 2 - - 3 | 1 - - - | 1 0 0 0 ‖

够诗情画意秀 美 风 光。

赵国伟：150200 黑龙江省电力线路器材有限公司
王文：525300 广东省信宜市电力街泰德琴行 手机：13535911308 邮箱：328641459@qq.com

青青外婆菜

1=C4/4 （独 唱） 彭长霖词

♩=68 深情地 钱 诚曲

mf

(1 1 2 3231 | 3276 5 - | 6 6 1 4323 | 5553 1 2 - |

1 1 2 3231 | 3275 6 - | 5·561 2·1 | 7 7 67 1 -) |

5 5 5 6565 | 3·176 1 5 - | 2 2 2 3212 | 332312 - |

离别了故 乡，乡愁梦里 来，最难忘青 青，青青外婆 菜。

离别了故 乡，乡愁梦里 来，最难忘青 青，青青外婆 菜。

5 5 6 1656 | 3·2765 6 - | 2 2 3 5653 | 2565 65 - |

土灶 土钵土家 味，童年的歌 谣飘过 来

土灶 土钵土家 味，童年的歌 谣飘过 来

253231 - | 1 1 2 3231 | 3276 5 - | 6 6 1 4323 |

飘过来。壶瓶山采 香 菇，夹山 采蕨菜，

飘过来。春天 采 新 茶，金秋 摘蜜桔，

555 31 2 - | 1 1 2 3231 | 3275 6 - | 5·561 2·1 |

夹山采蕨 菜， 外婆 拉着我的 手， 一篮野 菜

金秋摘蜜 桔， 澧水 悠悠流过 来， 一朵浪 花

7 7 67 1·56 | 1·1 212 3·2 | 1·1 161 2 - | 6612 1656 |

一篮 爱。哦，青青外婆 菜， 亲亲外婆 菜，一桌土菜十里 香，

一朵 爱。哦，青青外婆 菜， 亲亲外婆 菜，一桌土菜十里 香，

Rit din

5553235·3 | 233323 1 - :‖ 25 656 5 - | 5 - - 0 ‖

人生的味 道 品出 来。 品 出 来。

幸福的生 活 品出 来

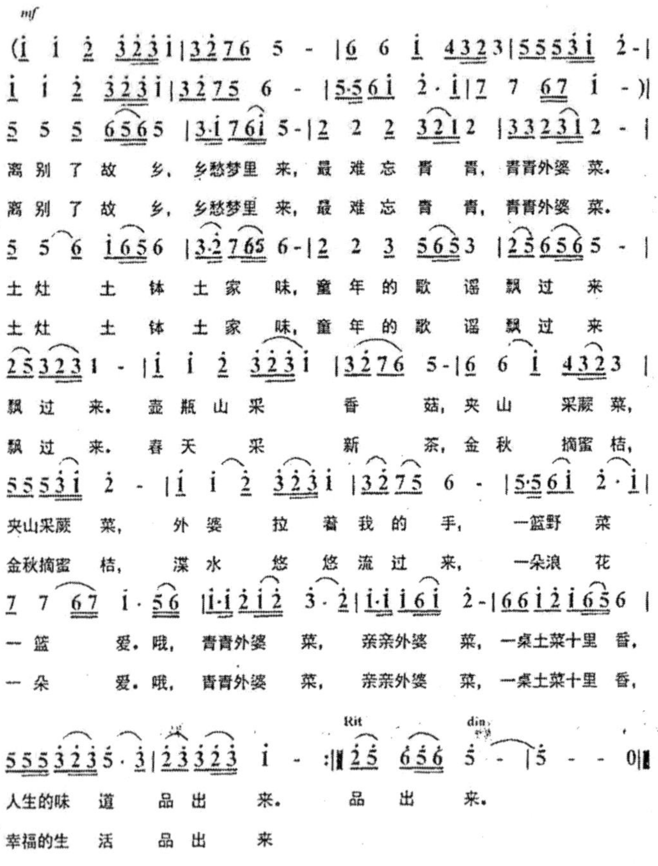

创作于 2018-1

彭长霖 415600 湖南省安乡县森林公安局陈曼转交 1390013109@qq.com 18607367989

钱 诚 243000 安徽省马鞍山市东方城二区 16 栋 1202 室 563559882@qq.com 13955550430

註釋

註一　《大中原歌壇》（河南洛陽：二〇一九年總第十四期），第六、七、八版。

註二　趙國偉、蘇琪，〈中國正春天〉，同註一，第一版。

註三　尤素福・海青青，〈老家河南〉，同註一，第二版。

陳福成著作全編總目

壹、兩岸關係

決戰閏八月
防衛大台灣
解開兩岸十大弔詭
大陸政策與兩岸關係

貳、國家安全

國家安全與情治機關的弔詭
國家安全與戰略關係
國家安全論壇。

參、中國學四部曲

中國歷代戰爭新詮
中國近代黨派發展研究新詮
中國政治思想新詮
中國四大兵法家新詮：孫子、吳起、孫臏、孔明

肆、歷史、人類、文化、宗教、會黨

神劍與屠刀
中國神譜
天帝教的中華文化意涵
奴婢妾匪到革命家之路：復興廣播電台謝雪紅訪講錄
洪門、青幫與哥老會研究

伍、詩〈現代詩、傳統詩〉、文學

幻夢花開一江山
赤縣行腳・神州心旅
「外公」與「外婆」的詩
尋找一座山
春秋記實
性情世界
春秋詩選
八方風雲性情世界
古晟的誕生
把腳印典藏在雲端
從魯迅文學醫人魂救國魂說起
六十後詩雜記詩集

陸、現代詩（詩人、詩社）研究

三月詩會研究
我們的春秋大業：三月詩會二十年別集
中國當代平民詩人王學忠
讀詩稗記
嚴謹與浪漫之間
一信詩學研究：解剖一隻九頭詩鵠
囚徒
胡爾泰現代詩臆說
王學忠籲天詩錄

柒、春秋典型人物研究、遊記

山西芮城劉焦智「鳳梅人」報研究
在「鳳梅人」小橋上
我所知道的孫大公

為中華民族的生存發展進百書疏
金秋六人行
漸凍勇士陳宏

捌、小說、翻譯小說

迷情・奇謀・輪迴、
愛倫坡恐怖推理小說

玖、散文、論文、雜記、詩遊記、人生小品

一個軍校生的台大閒情
古道・秋風・瘦筆
頓悟學習
春秋正義
公主與王子的夢幻、
洄游的鮭魚
男人和女人的情話真話
台灣邊陲之美
最自在的彩霞
梁又平事件後

拾、回憶錄體

五十不惑
我的革命檔案
台大教官興衰錄
迷航記、
最後一代書寫的身影
我這輩子幹了什麼好事
那些年我們是這樣寫情書的
那些年我們是這樣談戀愛的
台灣大學退休人員聯誼會第九屆理事長記實

拾壹、兵學、戰爭

孫子實戰經驗研究
第四波戰爭開山鼻祖賓拉登

拾貳、政治研究

政治學方法論概說
西洋政治思想史概述
中國全民民主統一會北京行
尋找理想國：中國式民主政治研究要綱

拾參、中國命運、喚醒國魂

大浩劫後：日本311天譴說
日本問題的終極處理
台大逸仙學會

拾肆、地方誌、地區研究

台北公館台大地區考古・導覽
台中開發史
台北的前世今生
台北公館地區開發史

拾伍、其他

英文單字研究
與君賞玩天地寬（文友評論）
非常傳銷學
新領導與管理實務

2015 年 9 月後新著

編號	書　　　　　名	出版社	出版時間	定價	字數（萬）	內容性質
81	一隻菜鳥的學佛初認識	文史哲	2015.09	460	12	學佛心得
82	海青青的天空	文史哲	2015.09	250	6	現代詩評
83	為播詩種與莊雲惠詩作初探	文史哲	2015.11	280	5	童詩、現代詩評
84	世界洪門歷史文化協會論壇	文史哲	2016.01	280	6	洪門活動紀錄
85	三搞統一：解剖共產黨、國民黨、民進黨怎樣搞統一	文史哲	2016.03	420	13	政治、統一
86	緣來艱辛非尋常－賞讀范揚松仿古體詩稿	文史哲	2016.04	400	9	詩、文學
87	大兵法家范蠡研究－商聖財神陶朱公傳奇	文史哲	2016.06	280	8	范蠡研究
88	典藏斷滅的文明：最後一代書寫身影的告別紀念	文史哲	2016.08	450	8	各種手稿
89	葉莎現代詩研究欣賞：靈山一朵花的美感	文史哲	2016.08	220	6	現代詩評
90	臺灣大學退休人員聯誼會第十屆理事長實記暨2015～2016 重要事件簿	文史哲	2016.04	400	8	日記
91	我與當代中國大學圖書館的因緣	文史哲	2017.04	300	5	紀念狀
92	廣西參訪遊記（編著）	文史哲	2016.10	300	6	詩、遊記
93	中國鄉土詩人金土作品研究	文史哲	2017.12	420	11	文學研究
93	暇豫翻翻《揚子江》詩刊：蟾蜍山麓讀書瑣記	文史哲	2018.02	320	7	文學研究
94	我讀上海《海上詩刊》：中國歷史園林豫園詩話瑣記	文史哲	2018.03	320	6	文學研究
95	天帝教第二人間使命：上帝加持中國統一之努力	文史哲	2018.03	460	13	宗教
96	范蠡致富研究與學習：商聖財神之實務與操作	文史哲	2018.06	280	8	文學研究
97	光陰簡史：我的影像回憶錄現代詩集	文史哲	2018.07	360	6	詩、文學
98	光陰考古學：失落圖像考古現代詩集	文史哲	2018.08	460	7	詩、文學
99	鄭雅文現代詩之佛法衍繹	文史哲	2018.08	240	6	文學研究
100	林錫嘉現代詩賞析	文史哲	2018.08	420	10	文學研究
101	現代田園詩人許其正作品研析	文史哲	2018.08	520	12	文學研究
102	莫渝現代詩賞析	文史哲	2018.08	320	7	文學研究
103	陳寧貴現代詩研究	文史哲	2018.08	380	9	文學研究
104	曾美霞現代詩研析	文史哲	2018.08	360	7	文學研究
105	劉正偉現代詩賞析	文史哲	2018.08	400	9	文學研究
106	陳福成著作述評：他的寫作人生	文史哲	2018.08	420	9	文學研究
107	舉起文化使命的火把：彭正雄出版及交流一甲子	文史哲	2018.08	480	9	文學研究
108	我讀北京《黃埔》雜誌的筆記	文史哲	2018.10	400	9	文學研究
109	北京天津廊坊參訪紀實	文史哲	2019.12	420	8	遊記
110	觀自在綠蒂詩話：無住生詩的漂泊詩人	文史哲	2019.12	420	14	文學研究

陳福成國防通識課程著編及其他作品

（各級學校教科書及其他）

編號	書　　　名	出版社	教育部審定
1	國家安全概論（大學院校用）	幼　獅	民國 86 年
2	國家安全概述（高中職、專科用）	幼　獅	民國 86 年
3	國家安全概論（台灣大學專用書）	台　大	（臺大不送審）
4	軍事研究（大專院校用）	全　華	民國 95 年
5	國防通識（第一冊、高中學生用）	龍　騰	民國 94 年課程要綱
6	國防通識（第二冊、高中學生用）	龍　騰	同
7	國防通識（第三冊、高中學生用）	龍　騰	同
8	國防通識（第四冊、高中學生用）	龍　騰	同
9	國防通識（第一冊、教師專用）	龍　騰	同
10	國防通識（第二冊、教師專用）	龍　騰	同
11	國防通識（第三冊、教師專用）	龍　騰	同
12	國防通識（第四冊、教師專用）	龍　騰	同
13	臺灣大學退休人員聯誼會會務通訊	文史哲	
14	把腳印典藏在雲端：三月詩會詩人手稿詩	文史哲	
15	留住末代書寫的身影：三月詩會詩人往來書簡殘存集	文史哲	
16	三世因緣：書畫芳香幾世情	文史哲	

註：以上除編號 4，餘均非賣品，編號 4 至 12 均合著。
編號 13 定價 1000 元。